목소리의 힘으로
꽃은 핀다

목소리의 힘으로 꽃은 핀다

1판 1쇄 발행 2020년 7월 10일

지 은 이 최광기
펴 낸 이 신혜경
펴 낸 곳 마음의숲

대   표 권대웅
책임편집 전유진 채수희
편   집 전태영
디 자 인 임정현 박기연
마 케 팅 노근수

출판등록 2006년 8월 1일(제2006-000159호)
주   소 서울시 마포구 와우산로30길 36 마음의숲빌딩(창전동 6-32)
전   화 (02) 322-3164~5 팩스 (02) 322-3166
이 메 일 maumsup@naver.com
인스타그램 @maumsup
용지 (주)타라유통 인쇄·제본 (주)에이치이피

ⓒ최광기, 2020
ISBN 979-11-6285-060-2 (03810)

＊이 도서의 국립중앙도서관 출판예정도서목록(CIP)은 e-CIP홈페이지(http://www.nl.go.kr/ecip)와
국가자료공동목록시스템(http://www.nl.go.kr/kolisnet)에서 이용하실 수 있습니다.
(CIP제어번호: CIP2020026551)

목소리의 힘으로 꽃은 핀다

거리의 사회자
최광기가 이야기하는
바닥의 말, 약자의 말

최광기 지음

마음의숲

　　오랜 시간 거리에서, 광장에서, 그리고 현장에서 많은 사람들의 목소리를 들었습니다. 그곳에 있던 사람들은 모두 일상에서 만나는 평범한 사람들, 그저 소박한 꿈을 일구며 하루하루를 열심히 살아왔던 사람들이었습니다. 그러나 세상 사람들에게 그 목소리는 너무 작고, 낮고, 초라할 뿐인가 봅니다. 나에게는 닥치지 않을 남의 이야기일 뿐이고, 삶을 잘 살아내지 못한 루저들의 푸념이라 생각하는 것 같습니다. 하지만 누구도 자신의 삶에 소홀하고 싶은 사람은 없습니다. 힘겨운 세상살이 함께 갈 수 있다면, 삶의 무게는 좀 가벼워지고 서로 희망을 나누게 되지 않을까요?

　　보이지 않으면 잘 들리나 봅니다. 점점 희미해지는

세상이지만 더 또렷이 들리는 사람들의 소리에 귀를 기울였습니다. 예상치 못한 절망에 빠진 사람들과 그 절망의 늪에서 여전히 살아내고 있는 사람들을 떠올리며 희망을 찾고자 했습니다. 그들이 외치는 절절한 마음의 소리를 나누고 싶었습니다. 그래서 마이크로 그 자리에 함께했습니다.

사실은 저도 그들과 닮은 사람일 뿐입니다. 처음부터 남다른 결기와 패기를 가지고 있었던 것이 아니라 그들과 함께할 수 있어 용기를 얻을 수 있었습니다. 무엇보다 그들을 통해 삶을 배우고 스스로 성장할 수 있는 큰 힘을 얻었습니다. 세상을 향해 '살고 싶으니 내 말 좀 들어보라'고 외치는 사람들, 이들의 더 나은 삶을 위해 '항상 잊지 말아야 한다'고 외치는 사람들의 목소리는 우리 사회가 나아가야 할 방향을 제시하고 있었습니다. 그 방향을 따라가야 한다고 굳게 믿습니다.

이 책은 몸을 숙이고, 마음을 열고 가까이 가야 들리는 사람들의 이야기입니다. 모두가 기억해야 할 목소리들입니다. 사람들의 마음꽃은 지지 않아야 합니다. 언제나 피어 있어야 합니다. 저 역시 언제까지나 약자들의 마이크로, 거리의 마음 치유자로 함께하겠습니다.

근 삼십 년의 활동을 정리하며 두 번째 책을 내게 됐습니다. 코로나19로 늘 만나던 사람들과 함께 웃고 울었던 무대가 사라진 지금, 한 번 더 용기를 내어보려 합니다. 채

워야 할 것이 많은 저를 위해 늘 곁에서 응원해주시는 분들께 다시 한번 감사드립니다. 귀한 마음 내어주신 마음의숲 대표님과 정성으로 제 목소리에 귀 기울여준 채수회 님과 전유진 님께도 감사드립니다. 곁에 있는 누군가를 살피며 여럿이 함께 가는 세상의 주인공이 되실 여러분과 이 따뜻함을 나누고 싶습니다.

2020년 7월 최광기

1장

작고 낮은
목소리를
들었습니다

마음이 사무치면 꽃이 됩니다

　　말하고 싶지만 말하지 못하는 이들이 있습니다. 간절하게 외쳐도 아무도 들어주지 않는 이들도 있지요. 대부분은 힘이 없고 가난한 사람들입니다. 억울한 일을 당해도 마음 편히 하소연할 곳 없는 사람들이지요. 허리를 숙여야 보이는 꽃이 있듯이 몸을 낮추고 귀를 기울여야 들리는 말이 있습니다. 저는 오래도록 몸을 낮춘 채 현장에서 그들의 아픈 말을 듣고, 서글픈 목소리를 대변하며 살아왔습니다.

　　작지만 따뜻한 마음씨, 사소하지만 인상 깊은 배려, 기억에 남는 미소……. 낮은 곳에서만 맡을 수 있는 사람들의 은은한 향기가 있습니다. 야생화를 닮은 듯한 그 향기가 풍

겨울 때면 마음이 사무쳐옵니다. 아픔과 슬픔을 견딘 인내가 자아내는 향기는 설명할 수 없는 아름다움을 품습니다.

비정규직 노동자, 장애인, 미혼모, 노인, 여성, 보호받지 못한 어린이들……. 사회가 쌓은 담장의 그늘에 가려진 나약한 이들의 목소리, 차별과 편견에 시달리는 사람들의 말을 양지로 가져오고 싶었습니다. 가지지 못했다는 이유로, 이념이나 성별, 피부색이 다르다는 이유로, 몸이 성치않다는 이유로, 나이 들었다는 이유로 피해를 입는 세상은 사람의 세상이 아닙니다. 이들의 목소리를 듣고 함께 가는 사회가 진정한 연대가 이루어진 사회이며, 그것이야말로 제대로 된 사람 사는 세상이라고 생각합니다.

이제 우리는 우주로 로켓을 쏘아올려 아주 먼 행성과 통신이 가능해졌고 지구 반대편에서도 실시간으로 화상통화를 할 수 있을 만큼 빠르게 소통할 수 있습니다. 그러나 정작 흑인과 백인은, 남과 북은, 부모와 자식은, 기업과 노동자는 소통이 더 어려워지고 있는 것 같아요.

저는 조금씩 소통을 놓아버리는 세상이 너무 안타까웠습니다. 그래서 끊임없이 소통하는 일을 찾아다녔어요.

제가 스물셋 여대생이었을 때부터 상계동 어머니학교에서 어머니와 학생들 공부를 가르쳤으니, 어언 삼십 년이 넘게 이 일을 해왔습니다. 민주화가 완성되어가는 과정이었던 80년대부터 지금까지 제가 몸담은 곳은 거리였습니다. 농성장, 노동자 집회 등 역사적으로 굵직한 사건들이 터지는 현장에서 직접 두 눈으로 보고 함께 이야기를 나누며 그들의 목소리를 온전히 담으려 했지요.

　　민주노총 창립 문화제, 노무현 대통령 탄핵 반대 촛불 집회, KTX 여성 승무원 해고 복직 투쟁, 성매매 방지법 제정을 위한 전국 투어, 세월호 관련 문화제, 김복동 할머니 영결식 등 헤아릴 수 없이 많은 무대가 있었습니다. 수많은 사람들의 끼니와 목숨이 연결되어 있는 문제였고, 그래서 더욱 절박하게 온몸으로 그들의 말을 전했습니다. 집으로 돌아오면 어깨가 쑤실 만큼 힘들었지만, 그만큼 현장에서 느끼고 배운 것도 많습니다. 배울 기회가 없었던 상계동 어머니들에게 쉽고 재미있게 한글을 가르치면서 오히려 정겨운 말투를 배우기도 했고요. 현장에서 활동하는 노동자분들의 생생한 말을 듣고 전달할 때 강하고 유쾌한 화법을 구사하기도 했습니다. 결국 제가 그분들의 말을 전하며 많은 부분을 배우고 닮아간 것입니다.

"누추해지는 것 같아 말씀을 안 드렸는데, 사실 제가 앞을 잘 못 봐요. 실례를 범할까 봐 이제라도 말씀드립니다."

며칠 전에 어느 어르신을 뵌 자리에서 이렇게 이야기를 했습니다. 저는 1997년 오른쪽 눈이 녹내장 말기 판정을 받고난 뒤로 계속 악화되어 지금은 실명된 상태입니다. 아직 시력이 살아 있는 왼눈으로 흐릿하게 세상을 보며 버텨온 것이지요. 한쪽 눈에 의존하다 보니 거리 감각이 무뎌져 사회를 보다 무대에서 떨어져 오른팔이 크게 다친 적도 있었어요. 한때는 세상이 너무 원망스러웠지만, 나중에는 그래도 아직 볼 수 있음에 감사하며 간절히 기도했습니다.

"하느님, 제가 예순 살까지만 볼 수 있게 해주세요. 아직은 어린 제 두 아이가 다 자랄 때까지만이라도 시력이 살아 있게 해주세요."

십오 년 만에 출간하는 이번 책은 컴퓨터 자판을 두드릴 수 없을 정도로 시력이 떨어져서 구술을 통해 쓰게 되었습니다. 책에 담길 갖가지 이야기를 풀어놓으며 참 많이

도 울었지요. 지금도 안부를 물으며 지내는 분들, 이제는 멀리 떠나가신 분들……. 제게 무엇보다 소중한 인연들을 하나하나 되짚어가는데 괜스레 마음 한구석이 쿡쿡 쑤셨습니다. 기억을 떠올릴 때마다 함께했던 분들의 목소리와 얼굴이 생생해서, 그분들을 만났던 거리와 현장이 그려질 때마다 알 수 없는 감정이 북받쳐 눈물이 난 겁니다.

문득 박노해 시인의 시 〈꿈은 간절하게〉의 마지막 구절이 떠오릅니다.

간절하게 절실하게 끈질기게
마음이 사무치면 꽃이 핀다

저는 꽃에 '핀다'라는 동사가 붙는 것보다 '된다'라는 동사가 붙는 것이 더 좋습니다. 시련과 고통, 사무친 마음들이 꽃으로 피어나는 것도 좋지만 '된다'라는 말에는 어떤 의지가 담겨져 있으니까요. 아픔을 이겨낼 수 있었던 절실한 인내 말입니다.

지금도 가끔씩 아픔과 인내가 어우러진, 그분들만이

지닌 향기가 그립습니다. 그럴 때면 당장이라도 낮은 곳에 작게 피어난 '마음꽃'들을 와락 안아주고 싶습니다. '간절하면 이루어진다'는 말도 있듯이, 마음이 사무치면 꽃이 된다는 것을 기억해주세요. 그리고 여러분의 가슴속에서도 꽃을 발견했으면 좋겠습니다. 오래도록 은은하게 멀리 퍼지는 향기를 지닌, 그 꽃을 말입니다.

결국 남는 것은 사람입니다

저는 살면서 '사람이 남는다'는 생각을 참 많이 합니다. 제가 어렵고 힘이 들 때마다 저를 꽉 잡아줬던 잊지 못할 선생님들이 계십니다. 〈SBS 전망대〉라는 라디오 시사 프로그램을 진행하게 됐을 때였습니다. 거리의 사회자가 제도권에 편입된 순간이었지요. 그때 제 소중한 멘토이신 김선주 선생님께서 정말 기뻐해 주셨습니다. "이렇게 좋은 날이 빨리 올 줄은 몰랐다"라면서 당신 일처럼 좋아해 주셨어요. 그러시면서 오늘 같은 날에는 최고의 자리에서 축배를 들어야 한다고, 저를 남산 아래에 있는 전망 좋은 레스토랑으로 데리고 가셔서 사랑이 가득 넘치는 맥주를 따라 주시며 축하해주셨습니다. 또 "첫 출근은 내가 데려다줄게"라고 말씀하셨습니다.

제가 맡은 방송 시간이 새벽 6시부터 아침 8시까지여서 새벽 4시부터 일어나서 5시에 출발을 해야 방송 시간에 맞출 수 있었습니다. 그런데 정말로 선생님께서 제가 첫 출근하는 날 4시 반부터 저희 집 앞에 와서 기다리고 계셨던 거예요. 차로 SBS 목동 사옥까지 데려다주시는데 첫 방송이라 긴장되기도 했지만, 선생님께서 모는 차를 타고 가는 것이 황송해서 말도 못 하고 있었습니다. 그렇게 어쩔 줄 모르고 있는데 선생님께서 말씀하셨어요.

"괜찮아. 나에게 고맙다고 하지 말고 너도 언젠가 네 후배에게 마음을 나눠주면 돼."

나중에 알고 보니 선생님께서는 저를 잘 데려다주시려고 두 번이나 출근길을 따라 달리며 연습을 하셨다고 합니다. 우리 집에서부터 방송국까지 어떻게 가야 하고 시간은 얼마나 걸리는지 사전 답사를 하신 것이지요. 저는 그래서 그날을 평생 잊을 수가 없습니다. 남의 기쁨을 내 일처럼 기뻐하는 사람을 찾는 것도 하늘의 별 따기인데, 손수 운전을 해서 새벽부터 바래다주다니요. 그것도 까마득한 후배를 말이에요. 진심으로 기꺼이 저를 데려다주신 선생님을 보면서 사람을 대하는 태도란 어떠해야 하는지 알 수 있었습니다. 또 누군가가 기대고 편히 쉬어갈 수 있는 언덕을 내어 주는 사람으로 나이 들어가야겠다고 다짐하게 되었습니다. 꼭 선생님처럼요.

그 후로도 고민이 생겨 선생님을 찾아가 의논을 하면 한 번도 마다하지 않고 들어주시고, 어느 순간에든 저를 챙겨주셨습니다. 표현은 잘 못하지만, 지금까지도 마음속 깊은 곳에 늘 선생님에 대한 감사함을 품고 삽니다. 아름답고 당당하게 나이 들어야겠다는 생각을 하게 만들어주신 저의 롤 모델 김선주 선생님, 마다하시더라도 선생님의 이야기를 쓰고 싶었습니다. 항상 고맙습니다.

제가 존경하는 선생님이 또 한 분 계시는데, 돌아가신 박영숙 선생님입니다. 김선주 선생님께서 그러셨듯이, 선생님도 가지면 늘 나눌 줄 아시는 분이셨습니다. '저렇게 나이 든다는 것은 정말 멋진 일이다'는 생각이 절로 들면서,

뵐 때마다 닮고 싶었습니다. 일흔을 넘긴 나이에도 정정하시고, 확실한 주관을 보이시면서 새로운 도전도 참 좋아하셨습니다. 포럼에 참석하게 되면 제일 먼저 오셔서 중간쯤에 앉아 끝까지 듣고 가셨어요. 이렇게 새로운 것을 끊임없이 듣고, 배우고, 무엇보다 실천하셨던 분입니다.

특히 사람에 대한 배려, 약자에 대한 마음 씀씀이가 섬세하고 따뜻하셨습니다. 언제나 주목받는 사람이 아닌 소외받는 사람에게 먼저 손길을 내밀어주신 겁니다. 한 명만 내 편이 되면 사람은 무너지지 않거든요. 선생님들은 그걸 잘 알고 계셨기에 늘 보이지 않는 사람에게 집중하신 거지요.

연말이 되면 박영숙 선생님께서는 손수 음식을 해서 사회적으로 열심히 활동한 사람들, 한 해 동안 고마웠던 사람들을 불러서 밥을 먹이셨어요. 개성 분이시라 그런지 준비하시는 음식 수준이 보통이 아니라 개성 순대도 직접 만들어주셨습니다. 또 고구마를 구워서 반을 딱 자른 다음 바닐라 아이스크림을 얹은 디저트도 생각이 납니다. 맛도 훌륭했지만, 며칠 전부터 준비하신 선생님의 정성에 감동하지 않을 수 없었습니다. 새해가 되면 일일이 적어주신 손 편지에 정성스러운 마음을 담아주시기도 했고요. 이렇게 좋은 선생님들이 곁에서 제게 큰 힘이 되어준 덕분에 저는 '사람이 남는다'는 믿음을 가질 수 있었습니다.

꼭 부모가 아니어도 감정의 허기를 채워줄 누군가가 있다면 우리에게는 언제든지 오뚝이처럼 일어설 수 있는 힘이 생깁니다. 그래서 저는 선생님들 정도는 아니지만 한마디 좋은 말이라도, 따뜻한 생각이라도 건네고 공유하려고 노력하고 있습니다. 사람들을 곁에 남기기 위해서는 자신이 곁에 남고 싶은 좋은 사람이 되려는 노력이 필요하니까요. 많은 책을 읽고, 그림을 보고, 여행을 다니는 것도 사람을 성장시키는 일이지만 좋은 사람을 곁에 두는 것은 무엇보다 큰 밑거름이 됩니다.

마이크는 곧 믿음입니다

언제부턴가 제 내면에 알게 모르게 안전에 관한 두려움이 생겨났습니다. 제가 겉으로는 대담하고 단단해보여도 속으로는 겁도 많고 잘 놀라거든요. 마치 달팽이가 단단해보이는 껍질을 가지고 있지만 속살은 연약한 것처럼요. 저는 오히려 그 껍질의 무게에 짓눌려 지내는 편이었어요.

곰곰이 되짚어보면 20대 때 한창 뜨거운 가슴으로 시위에 참여했을 때부터 두려움이 자라기 시작했던 것 같습니다. 그 당시 시위 현장에 열렬히 참여할 수 있었던 건 세상의 부조리에 맞서 싸우고자 하는 의지도 있었지만, 함께하는 동지들이 주는 갑옷을 두른 듯한 든든함 덕분이기도 했습니다. 서로 간의 연대감, 믿음이 없었더라면 그렇게까지 할 수는 없었겠다는 생각이 들어요.

　처음 시위 현장에 나갈 때가 기억납니다. 선배들이 가방이나 지갑, 중요한 물건은 가져가지 말라고 충고하더군요. 그 말을 흘려듣고 가방을 들고 나갔다가 시위 진압대가 쳐들어오자 가방 챙길 틈도 없이 혼이 빠져 달아났습니다. 지금 생각해보면 아무 것도 아닌데, 그때는 가방을 주우러 갈 용기가 안 났어요. 그 당시 백골단이라고 불렸던 진압대는 사람을 개 끌 듯 끌고 다녔거든요. 그 장면을 목격한 후로는 길을 다니다가도 갑자기 누군가 머리채를 확 잡아챌까 봐 몸이 움찔거릴 정도로 두려움에 떨기도 했습니다. 누가 옆에서 손만 올려도 깜짝깜짝 놀라고요. 무대에 올라가면 딴 사람이 된 것처럼 우렁찬 목청으로 카리스마 있게 분위기를 주무르지만, 속으로는 걸핏하면 놀라고 기가 허한 사람이 되어버린 것입니다.

　그러면서 안전에 대한 문제를 고민했습니다. 안정적이고 평화로운 삶을 보장받기 위해서 시위를 하는 건데, 그곳에서 신체적인 위해를 받으면 무슨 소용이 있겠어요. 이렇게 대학 시절 시위를 직접 참여하면서 느꼈던 안전에 대한 위협감이 지금까지도 영향을 미쳐서, 사회를 볼 때도 최우선으로 생각하는 것이 바로 참여하신 분들의 안전입니다.

거리에서 차선을 막고 행진하는 시위에 참여하다 보면 어떤 분들은 좀 더 적극적으로 의사를 표현하자고 제안합니다. 서 있을 수 있는 반경을 확보하기 위해 길을 더 넓게 쓰자는 거였지요. 저는 행사의 사회를 맡은 사람이니 그 제안에 대해 대답을 내놓아야 하는데, 혹시 대오를 변경하다가 누구라도 다치면 어쩌나 싶어 마이크에 대고 의사를 전달하는 것이 내키지 않았습니다.

매년 4월 말이면 장애인 차별 금지 집회를 하곤 했는데, 그때도 집회에 참여하신 분들이 다칠까 봐 불안에 떨었습니다. 몸이 불편하신 분들인데 갑자기 차라도 튀어나오면 속절없이 부상을 입을지도 모르니까요. 그래서 저는 집회에 참여하신 분들과 다른 의견을 내세우곤 했습니다. 사람이 다칠 수 있는 위험한 일은 하지 말자고요. 어떤 분들께는 제가 비겁하고 과감하지 못한 사람으로 비쳤을지 모르지만, 지금도 그 생각에는 변함이 없습니다. 아무도 다쳐서는 안 되니까요.

집회 현장에서 보았던 가장 충격적이었던 장면도 생각납니다. 몇 년 전 8월 14일에, 일본군 위안부 피해자 기림의 날을 맞아 열린 수요시위에서 연합뉴스 건물 담장 아래에 사람들이 모여 집회를 진행하고 있었습니다. 남녀노소할 것 없이 모여 있었지만 일본군 위안부 문제와 관련한 학생들의 문제의식이 드높아져서인지 특히 어린 학생들이 눈에 많이 띄었습니다. 사회를 보기 위해 무대에 올라서 바닥에 앉아 있는 이삼천 명의 사람들을 바라보고 있노라면 그 분위기가 주는 무게감에 절로 고개가 숙여지곤 했습니다.

감사함과 존경을 담은 마음으로 열심히 행사를 진행하는데, 갑자기 어디선가 시너 냄새가 훅 풍기더니 불길이 치솟았습니다. 어떤 분이 분신을 하신 거예요. 연세가 많은 분이셨는데 강제징용 문제와 관련해 항의 표시로 분신을 택하셨던 거지요. 앞에서도 말했듯 현장에는 어린 학생들이 많았고 집회 공연자 중 임산부도 있었습니다. 그들이 감당하기에는 너무 참혹한 장면이었어요. 임산부분이 얼마나 힘들어했는지 지금도 생각이 나서 숨이 턱 막힐 지경입니다. 불길에 휩싸인 몸이 꿈틀거리는 장면은 절대 잊을 수 없을 만큼 어마어마한 충격이었어요.

현장은 아수라장이 되었고, 예상치 못한 일에 저 역시 몹시 당황했지만 마이크를 잡고 있었기 때문에 차분하게 상황을 수습해야 했습니다. 불행 중 다행으로 응급 상황에 대비해 구급차가 현장에 와 있어서, 황급히 그분 몸에 붙은 불을 끈 뒤 이송할 수 있었습니다. 저는 혼비백산한 분위기 속에서 사람들이 동요하지 않도록 간신히 입을 뗐습니다. '차분하게 대처하지 않으면 안전에 문제가 생긴다. 그러니 자리에서 벗어나지 말고 가만히 있어달라'는 부탁을 드렸던 기억이 납니다.

그 후로 저는 어떤 집회에서든 조금이라도 예사롭지 않은 행동을 하거나 불안해보이는 사람이 있으면 온 신경을 그쪽으로 쏟게 되었습니다. 누구든 저분에게 가서 상황을 살펴봐 달라는 부탁을 하게 되었지요. 그때의 트라우마는 꽤 오랫동안 저를 괴롭혔습니다.

사회자로서 지금도 늘 마음에 두고 있는 것은 마이크로 쏟아내는 말의 위력에 대한 부분입니다. '승객 여러분, 자리에서 움직이지 말고 가만히 계십시오.' 세월호에서 흘러나온 선원의 목소리를 기억하지 못하는 사람은 없을 겁니다. 그 방송은 마이크가 곧 정직과 믿음이라는 저의 신념을 산산이 부숴버린 계기였어요. 온 나라를 끝없는 슬픔에 빠뜨린 채 헤어나지 못하게 하는 그 사건은 마이크에서 흘러나온 한마디의 말이 사람의 목숨을 좌우한다는 것을 여실히 드러낸 대표적인 사례가 아닌가 싶어요.

이처럼 마이크로 내뱉는 말은 엄청나게 무겁습니다. 물론 일상에서 내뱉은 말에도 책임을 져야 하지요. 하지만 마이크를 통해 전파되는 말은 일상적인 말들보다 비교할 수 없을 정도로 큰 공적 책임을 안고 있어요. 마이크를 통해 나오는 말은 강연, 안내 방송처럼 방향을 제시하는 경우가 많고, 그 말을 들은 많은 사람들은 마이크에서 흘러나오는 말을 믿고 거기에 따라 움직입니다. 그래서 마이크가 곧 믿음인 거예요.

어떤 말은 사람을 절망에 빠뜨리기도, 희망에 들뜨게 하기도 합니다. 누군가를 몰살시키기도, 구원해내기도 하고요. 그러니 말이라는 것이 얼마나 중요한가요. 더군다나 수많은 사람들 앞에서 마이크를 잡는 사람은 말에 대한 책임이 훨씬 더 무겁다는 것을 잊지 말아야 해요. 수없이 많은 소중한 목숨을 앗아간, '가만히 있으라'고 울려 퍼지던 목소리를 떠올리면서 다시 한번 누군가의 말 한마디가 곧 믿음이자 약속이 될 수 있음을 마음에 새겨봅니다.

말의 힘

'최광기'라는 제 이름은 어디 가서 특이한 것으로 꿀리지 않습니다. '빛 광光'에 '터 기基'인데, 대부분의 사람들은 '크레이지Crazy'의 광기로 압니다. 그래서 별명도 많았고, 이름에 대한 이런저런 에피소드도 참 많습니다. 그러나 여기서는 단순히 제 이름에 대한 이야기보다는 사회 전반적으로 사용되는 호칭들에 대해 말을 해보려 합니다.

보통 열 달을 채우지 못하고 태어난 아이들을 미숙아라고 표현하지요. 우리나라 의학 기술은 상당히 발달한 편이라, 웬만하면 미숙아로 태어난 아이들을 살립니다. 그런데 문제는 늘 돈이지요. 저는 돈이 없다는 이유로 생명을 놓치고 마는 것이 가슴 아파서, 도움이 됐으면 하는 마음으로 아름다운재단에 기부를 계속해왔습니다. 십 년 동안 크리스마스에 아이들과 함께 시간을 보내는 산타 행사도 진행했습니다.

그렇게 아이들과 인연을 맺고 문제에 관심을 기울이게 되면서 골똘히 생각해보니까, 아이들을 부르는 호칭이 부정적이라는 느낌을 받았습니다. '미숙'이라는 단어 자체가 덜 숙련된, 부족한 것 같은 느낌을 주는 단어니까요. 저만 그렇게 생각했던 것은 아닌지, 아이들과 관련한 사업을 진행하는 분들이 공모를 받아 표현을 바꾸어 이제는 '이른둥이'라 부릅니다. 세상이 궁금해서 일찍 나온 아이들이라는 의미를 담았다고 합니다. 호칭만 바꿨을 뿐인데 이미지가 바뀌고, 대상에 대한 생각이 바뀌지 않나요?

비행 청소년이란 표현도 부정적인 것은 마찬가지입니다. '비행'이라고 불리는 순간, 불량이 되고 비행이 되는 거지요. '학교 밖 청소년'이라는 말도 그렇습니다. 청소년이 꼭 학교를 다녀야 되는 것은 아닌데, '청소년은 학교에 다녀야 한다'는 기존의 고정관념이 그대로 담겨 있어서 개인적으로 지지하고 싶지 않은 표현입니다. 이름을 붙이는 것에 대한 무게감을 느끼고 기존에 있는 이름도 문제의식을 품고 바라보면 좋겠습니다. 어떤 표현은 낙인으로 돌아오기도 하니까요.

문제를 폭넓게 인식하지 않으려 하고 자신과 다른 것을 배척하려는 태도 때문에 이런 부정적인 말들이 쏟아진다고 생각합니다. 반대로 말하면 생각을 바꾸는 일은 한마디의 말을 바꾸는 것에서부터, 단어 하나를 신중하게 선택하는 것에서부터 출발하는 셈이지요.

문득 노숙인 추모 문화제를 다녀온 때가 생각납니다. 지금이야 쉼터에서 쉬면 되지만, 예전에는 겨울이 되면 노숙인분들이 마땅히 쉴 곳이 없었습니다. 그래서 서울역 주변에서 찬 이슬 맞으며 주무셨지요.

그날 그분들을 위한 문화제에는 정태춘 선배님이 나오셔서 공연도 하셨고, 저 역시 사회자로 무대에 올랐습니다. 무사히 마치고 내려오는데 어떤 노숙인분이 저에게 오시더니 어느 당의 당원증을 보여주셨습니다. 자신은 몇 해 전까지만 해도 당원으로서 실무를 보았고, 청년회 활동을 하면서 참여했던 다른 문화제에서 저를 봤었다고 하셨습니다. 제게 인사를 해주셨던 또 다른 분은 서울의 어느 대학교 74학번이라고 운을 떼시며 사업이 어려워지면서 노숙을 하게 됐다고 하셨습니다. 아이들이 고등학생, 대학생인데 뿔뿔이 흩어져서 만날 수가 없다고, 가족들에게 제일 미안하다고 하시더군요.

그때 알았습니다. 노숙인들의 삶이 원래부터 그런 모양을 하고 있지는 않았다는 것을요. 그들도 우리처럼 열심히 일상을 살아가다가 어느 날 불행이 문을 두드린 것일 뿐이었어요. 그런데 몇몇 부모들은 아이들과 함께 노숙인 곁을 지나갈 때 아이들을 가르친답시고 "공부 못하면 저렇게 된다"라는 말을 쉽게 뱉지요. 아이들은 부모의 말을 듣고 노숙인들의 초라한 행색을 보면서 혐오 내지는 연민을 느낄 것입니다. 이 불행은 누구에게나 닥칠 수 있는 것이고, 노력을 하지 않아서 찾아오는 것만은 아닌데 말입니다.

일본에 연수를 갔을 때 (지금은 코로나19로 초토화되어 버린) 가마가사키라는 지역에 방문한 적이 있었는데, 서울역 정도 크기의 건물 전체가 노숙인들의 쉼터나 다름없었습니다. 당시는 95년도, IMF 이전이라 우리나라에 노숙인 문제가 심각하지는 않을 때였기에 그곳에 즐비한 노숙인들을 보며 '우리나라는 이럴 리 없다. 우리는 건강한 공동체 의식이 있고, 서로 협력하는 방법을 아니 이런 문제쯤은 거뜬히 이겨낼 수 있다'고 생각했지요. 그런데 불과 몇 년 뒤 우리나라에 노숙인들이 쏟아지기 시작하면서 일본에서 보았던 장면이 떠올랐습니다.

일본에는 예전부터 노숙인을 위한 희망의 집이 있었습니다. 또 여름방학이 되면 지역 시민 단체에서 아이들과 함께 노숙인을 만나는 캠프를 엽니다. 아이들을 데리고 야간 순찰을 하면서 노숙인들이 잘 지내는지, 밤새 별 탈은 없었는지 확인하고 밥을 직접 나눠주거나 활동한 내용을 그림으로도 그립니다. 노숙인을 우리의 이웃으로 받아들이는 노력을 하는 겁니다.

우리나라 역시 노숙인 기본권 보장 및 소외 문제를 해결하기 위해 다양한 방식으로 노력하고 있습니다. 서울역이나 지하철 출구에서《빅이슈》라는 잡지를 판매하는 것을 보신 적 있으실 겁니다.《빅이슈》는 영국에서 시작한 잡지로, 판매 대금의 절반을 노숙인 출신 판매원에게 줌으로써 그들의 재활을 돕고 있습니다. 이외에도 쉼터를 건설하는 노력도 계속하고 있지요.

하지만 이보다 선행해야 할 것이 있습니다. '노숙자', '노숙인'이라는 말을 대체할 표현을 생각해보면 좋지 않을까요. '노숙자'라는 말의 뜻 자체가 '길거리에서 잠을 자는 사람'인데, 지금은 그분들이 쉬어갈 수 있는 쉼터가 생겨서 더 이상 길거리에서 주무시지 않으니까요. 사회적인 시선 때문에 '노숙'이라는 단어에 담긴 부정적인 뉘앙스가 너무 강해졌기도 하고요.

겪어본 분들은 잘 아시겠지만, 부르는 호칭에서부터 비하의 의미가 담겨 있다는 것은 참 슬프고 속상한 일입니다. 또 일상적으로 자주 사용하면서 습관이 되다 보니 그런 호칭에 대해 문제의식을 느끼기 어려운 것도 사실입니다. 그렇지만 말의 중요성에 대해서는 아무리 강조해도 모자람이 없어요. 말의 중요성을 깨닫는 사람이 점차 많아지고 있는 만큼, 호칭에 대해서도 더욱 각별하게 신경 쓰는 사회가 찾아왔으면 합니다.

나와 이야기하기

저는 자기 성장을 위해서 종종 거울을 보라고 권유해요. 거울을 볼 때 자신과 대화를 나누는 겁니다. 저는 이 방법을 '거울 명상'이라고 표현하는데, 쉽게 말하자면 '나와 이야기하기'예요.

사람은 자신의 정확한 얼굴을 볼 수 없습니다. 정확하진 않지만 자신의 얼굴을 확인하는 가장 좋은 방법이 거울을 통해 보는 것이지요. 그렇게 있는 그대로의 나를 거울을 통해 바라보면서, 스스로를 격려하고 칭찬하는 일을 통해 에너지를 충전하는 겁니다. 실제로 저는 거울을 보면서 "최광기 너 정말 완벽해!" 같이 힘이 나는 말들을 스스로에게 하는데요. 그러면 어이없는 실소든, 기쁨의 웃음이든 행복한 기분이 절로 들면서 힘이 납니다.

이 '거울 명상'을 열심히 하면 자기만의 것들이 하나 둘씩 생기기 시작합니다. 그렇게 자존감을 쌓아 나아가면 어디를 가도 당당히 자기를 표현할 수 있는 힘이 생겨요. 그러니까 오늘부터 거울을 보면서 자기와의 대화를 시작해봅시다. 제가 이런 이야기를 주위에 하면 "이름도 광기인데 진짜 미친 소리를 한다"고 하는데, 한번 해보면 생각이 바뀔 거예요.

저도 오랫동안 현장에 있으면서 아픈 사연들을 자꾸 듣다 보니까 표정이 조금씩 굳으면서 무표정인 날이 많아졌어요. 표정을 짓게 되더라도 형식적이고 경직된 표정만 지었습니다. 그 표정을 본 사람들은 딱 두 가지 반응을 보였습니다. '어디 아프세요?' 아니면 '화나셨어요?'가 그것이었지요. 그런 이야기들을 듣다 보면 정말 몸이 아파지고 화가 났습니다. 무엇이 문제일까 생각해보다가 나 자신을 많이 놓치고 산다는 생각이 들어서 거울을 보며 스스로에게 말하기 시작한 겁니다.

'거울 명상'을 통해 효과를 본 또 다른 분이 지금은 돌아가신 김근태 전 장관입니다. 예전에 그분이 열린우리당 당의장 선거에 출마했었는데, 그때 같이 출마한 분이 달변가로 알려진 정동영 씨였습니다. 경선을 치러야 하는데 말씀을 너무 잘하시는 그분과 달리 김 전 장관은 이상하게도 무대에 서면 말이 잘 안 나오고, 심지어는 긴장해서 콧물까지 계속 흐르는 거예요. 그런 상황인지라 연설 코칭이 필요할 것 같다는 부탁을 받고 찾아갔습니다.

그분 주변에는 '너무 많은 이야기를 하면 안 된다' '자신감을 잃으면 안 된다'와 같이 도움을 주기보다는 걱정을 불러 일으키는 조언을 해주는 측근들이 많았습니다. 주위의 걱정과 염려의 벽 속에 갇혀 있으니 무슨 말을 어떻게 해야 잘할지 더 모를 수밖에 없는 상황이었습니다. 안 되겠다 싶어서 제가 직접 만나서 가르친다는 조건으로 코칭을 시작하게 됐습니다. 짐작은 했지만 김 전 장관님은 일정이 가득 차 있어서 전국으로 돌아다니며 수많은 사람을 만나야 했었어요. '이래서 사람이 넋이 나가는구나' 싶었습니다. 김 전 장관님도 그랬겠지만 저 역시 너무 힘들어서 동공이 풀릴 지경이었거든요.

그럼에도 저의 코칭은 시작되었습니다. 제가 말을 가

르칠 때 가장 먼저 집중하는 부분은 그 사람이 가지고 있는 '장점'이에요. 단점을 보완하는 일에 에너지를 쓰기보다 장점을 살리는 일에 최선을 다하는 겁니다. 그러면 가르칠 때 훨씬 효율적이에요. 그래서 만날 때마다 '우리 의원님(당시에는 의원이었습니다)은 정말 잘할 것이다'라는 응원부터 하고 시작했습니다. 코칭 강사의 말이니 어느 정도 신뢰감이 들면서 영향을 미칠 수 있었겠지요. 자신감이 붙는 것이 보일수록 격려와 칭찬도 잊지 않았습니다.

김 전 장관님은 군사독재 시절에 고문을 당해 목이 차갑고 뻣뻣했습니다. 보통 사람들이 돌릴 수 있는 각도로 목이 움직이지 않았어요. 그러니 자연스러운 제스처를 구사하기도 쉽지 않았지요. 항상 경직된 자세로 이야기를 해서 보기에 불편했던 겁니다. 그래서 일단 시선이 분산될 수 있도록 손동작을 많이 쓰라는 처방을 내렸어요. 그 후로 더 나아지는 것을 확인할 수 있었습니다. 물론 좋아질 때마다 '너무 잘했다'는 말도 빼놓지 않았고요. '하나를 가르치면 열을 안다'는 말도 종종 했는데, 그 정도로 빠르게 배우고 나날이 좋아지는 것이 눈에 띌 정도였어요.

전당대회 일정이 제주도에서부터 시작해 경기도를

거친 뒤 서울이 마지막이었습니다. 수원에서 전당대회를 하던 날, 저도 참석하기로 했어요. 장소는 학교 체육관이었는데 2층에 앉아서 무대를 봤습니다. 전당대회를 무사히 마치고 난 뒤 김 전 장관님을 만나 여느 때처럼 칭찬을 했지요. 그런데 "선생님, 오늘 2층에 앉아계셨지요?"하시는 거예요. 연설을 하면서 저 멀리 있는 사람들까지 살펴볼 여유가 생긴 겁니다.

연설을 잘하는 데도 단계가 있거든요. 처음에는 연설을 하면서 자신이 하는 말(혹은 외운 대본)에 집중하거나 그냥 나오는 대로 말하게 됩니다. 그러다 실력이 늘면 자신이 말하는 내용을 조금씩 깨닫습니다. '아, 내가 지금 엉뚱한 방향으로 빠지고 있구나' 하는 것을 파악할 수 있을 정도가 되지요. 그 다음에는 사람들의 얼굴이 보이기 시작하는 겁니다. 연설에 익숙해지기 시작하는 단계이지요. 마지막으로는 이야기를 듣는 사람들의 감정이 읽힙니다. 그래서 이야기를 듣는 사람들이 지금 지루해하는지 아니면 좋아하는지를 분위기를 통해 느낄 수 있게 됩니다. 김 전 장관님은 세 번째 단계에 도달하게 된 거였어요.

그 이후에도 한 달 가량 개별 수업을 추가로 진행했

습니다. 그때는 자신감이 충분했기 때문에 심도 있는 코칭을 했지요. 그리고 구체적인 지적과 연습을 통해 다양한 표정을 갖게 했습니다. 고문 후유증 때문에 표정이 잘 지어지지 않아 그냥 고개만 왔다 갔다 하셨거든요. 그래서 표정을 찾아드리기 위해 이 단계에서 시작한 것이 바로 '거울 명상'과 웃는 연습이었습니다.

웃는 연습을 할 때 '위스키' 정도로는 안 돼요. 미친 듯이 웃어야 효과가 있습니다. 웃음 치료사들이 박장대소하면서 웃음을 유도하잖아요. 이처럼 웃기 때문에 나오는 웃음이 있어요. 그렇게 웃다 보면 처음에 '내가 지금 뭐하는 짓인가' 싶다가도 어느 순간 진짜로 웃음이 나와요. 그때 그 표정을 기억하셔야 합니다. 그것이 누구든 즐겁게 만들어 주는, 여러분이 가진 가장 아름다운 표정이니까요.

배우나 모델들은 사진을 어느 각도에서 찍으면 어떻게 찍히는지 잘 알고 있습니다. 어떤 각도에서 어떤 얼굴이 나오는지, 가장 사진이 잘 나오는 각도는 어느 각도인지 파악하고 있는 것이지요. 그래서 그들은 카메라를 보면서도 거울을 보는 것처럼 표정을 짓습니다. 저 역시 '거울 명상'을 많이 한 덕분에 거울이 없어도 지금 제가 짓는 표정이 보이거든요. 자신이 지금 어떤 표정을 짓고 있는지 안다는 것은 그만큼 자기를 많이 들여다 본다는 의미입니다. 이 경지에 다다랐을 때 '거울 명상'을 통해 얻은 자신만의 감정과 생각이 드러나는 표정과 얼굴, 즉 개인이 가진 고유의 아름다움이 뿜어나오는 것이지요.

지금 당장 거울 앞으로 달려가세요. 그리고 거울 속에서 나를 바라보고 있는 나에게 말을 걸어보세요. 거울 앞에 서 있는 내가 어떤 표정을 짓고 있는지, 그 마음은 어떤지 살펴봐주세요. 그렇게 거울 속의 나를 돌보다 보면, 어느덧 '진짜 나'가 여러분을 마주보고 서 있을 것입니다.

무거울수록 가볍게

제가 녹내장이라는 병을 얻게 된 것은 살다 보니 마음의 병이 생기고, 그것이 신체적 증상으로 나타난 결과라고 생각합니다. 그동안의 저는 스트레스, 마음 속에서 자라나는 여러 가지 감정들을 삼키기만 했어요. '나만 참으면 되니까'라고 생각하고 그 무게를 나눠 가질 생각도 못했습니다. 말을 하지 않았기 때문에 마음의 병이 쌓인 겁니다.

그래서인지 오해도 많이 받았습니다. 학교 다닐 때 형편이 어려워져서 등록금을 마련하기 위해 책도 팔고 과외도 하며 온갖 아르바이트를 했거든요. 덕분에 지금도 과외 같은 것은 지겹고 대면 설문조사 같은 일은 생각만 해도 싫습니다. 그런데 제 친구들은, "너희 집 잘 살잖아. 너 걱정 없이 살았잖아." 그러더라고요. 저는 제가 얼마나 힘들었는지 다 털어놓고 싶을 때도 말하지 않았을 뿐이었는데 말입니다.

부모님께도 마찬가지였습니다. 좋은 딸이 되고 싶어서 그랬던 건지, 늘 모범생으로 자라서 그랬던 건지 한 번도 부모님을 거슬러 본 적이 없었습니다.

'싫어요' '못 해요' 거절을 안 해서였는지 다른 삶의 무게를 내 것처럼 받아들이게 되었고, 그 무게에 더욱 짓눌렸어요. 그러다 대학생 때 오른쪽 시력이 잘 안 나온다는 이야기를 들었고, 서른 살에 녹내장 말기 진단을 받게 되었지요.

지금까지 무거운 짐들을 죄다 짊어지고만 살았다 보니 다른 사람들도 저처럼 살아야 한다고 생각했습니다. 아이를 키우면서 제일 많이 한 말이 '징징대면 안 된다'일 정도로요. 대체로 너그럽게 받아주긴 했지만, 아이가 징징대는 일은 정말 싫었거든요. 아이들이 징징대는 것은 너무나 당연한 것인데도요. 지금 생각해보면 왜 그랬는지 모르겠지만 이런 모든 것들에 일일이 스트레스를 받다가 결국 30

대 중반에 우울증이 왔습니다.

우울증을 깨닫게 된 것은 홍석천 씨와 함께 있으면서였습니다. 그 친구가 커밍아웃할 때쯤 친해졌는데, 어느 날 술자리에서 그가 겪는 고통에 대해 들었습니다. 그때 그의 슬픔이 고스란히 저한테 전이되는 거예요. 분명 처음에는 그 친구 때문에 마음이 아팠는데, 어느 순간 그 아픔이 그대로 제것이 되는 겁니다. 그때 마음에 심하게 병이 왔음을 깨닫고 친한 정신과 의사 선배를 찾아가 살아온 이야기를 털어났습니다. 그때 선배의 한마디 말이 지친 저를 안아주었고, 저는 왈칵 눈물을 쏟을 수밖에 없었습니다.

"지금 너에게 머리부터 발끝까지 따뜻하게 토닥토닥, 보듬어주고 격려해줄 수 있는 사람이 있었으면 좋겠구나."

다른 사람이 가진 삶의 짐을 나눠 지는 일은 사실 불가능합니다. 내 인생의 링 위에서 싸우는 사람은 나니까요. 아무리 뒤에서 실력 좋은 코치가 어쩌고저쩌고 이야기를 해줘도 싸움은 결국 링에 오른 사람이 하는 겁니다. 내가 맞닥뜨려야 하는, 나만이 해결할 수 있는 문제인 것이지요. 이 싸움에서 제일 중요한 것은 이야기를 잘 들어주는 좋은 사람을 주변에 두는 겁니다. 무거운 것을 나눌 수는 없지만,

내 어려움을 귀 기울여 들어주며 함께 뚜벅뚜벅 걸어갈 수 있는 내 편을 구하는 것이지요.

다행히 힘들던 시기에 제 얘기를 잘 들어주고 보듬어 줬던 좋은 사람들이 주위에 많았습니다. 제일 좋았던 것은 그 사람들을 만나면 많이 웃을 수 있었다는 겁니다. 한바탕 웃을 때면 마치 봄에 움튼 꽃망울이 추위를 이겨내고 확 피어나는 것처럼, 짊어진 무게가 잠깐 날아가 버리는 듯한 느낌이 들었지요.

이후로 저는 다루는 주제도 무겁고 참석하시는 분들도 괴로운 무대의 사회를 볼 때면 항상 머릿속으로 '저 사람들을 내가 계속 행복하게 할 수는 없지만 한 번이라도 웃게 만들자'라는 생각을 합니다. 그래서 무거운 상황에서도 현장을 축제처럼 만드는 특별한 힘이 있다는 평가를 받나 봅니다. 우리 사회의 굵직굵직했던 위기 상황, 예를 들어 촛불 집회만 해도 주제가 무시무시하게 컸잖아요. 그렇지만 저는 촛불로 파도도 타고, 노래도 하며 즐겁게 시위를 이끌어 갔습니다. 시위의 의미를 가볍게 하려 한 것이 아니라 그저 집회에 모인 사람들의 긴장과 불안을 잠시나마 날려버려 주고 싶었던 겁니다. 때로는 절대 해소되지 않는 불편함이 있어요. 어떻게 해도 무거운 것은 무거운 거고, 불편한 것은 불편한 거니까요. 그런 상황 속에서도 자신을 던져서 분위기를 풀고 웃음을 주는 사람, 그런 사람이 되고 싶었습니다.

개그맨을 보면 다른 사람을 웃기기 위해 기꺼이 자기 치부를 드러내지요. 저도 사회 볼 때 개그맨들처럼 제 핸디캡을 그냥 이야기합니다. 가뜩이나 눈이 안 좋은데다가 노안까지 와서 큐시트가 있어도 글자가 안 보이는데, 이것으로 웃기는 겁니다. 언젠가 연말에 행사를 진행할 때 이렇게 말한 적이 있습니다.

"보통 사회자들은 1부가 끝나면 옷을 갈아입습니다. 근데 저는 안경을 바꿔 써요. 1부에서 공식적인 사회를 볼 때는 돋보기로 큐시트를 보면서 진행하고, 2부에 무대 밑으로 내려와서 이야기할 때는 그에 맞게 안경을 바꿔쓰고. 제 변화가 느껴지십니까?"

그러니까 사람들이 빵 터지더라고요. "제가 눈이 나빠서 글자가 잘 안 보이니 양해 부탁드립니다……." 이렇게 시무룩하게 말하는 것보다 재치 있게 말함으로써 오히려 사람들이 느끼는 무거움을 덜어준 겁니다.

이처럼 무거울 때일수록 가볍게 생각해야 합니다. 저는 그게 습관이 돼서 점잖은 자리에 가도 남녀노소, 지위를 가리지 않고 분위기를 말랑말랑하게 풀려고 해요. 얼마 전 교육부 장관과 시도 교육감이 모두 참석하는 토크 콘서트의 진행을 맡은 적이 있습니다. 자율형 사립학교 재지정 관련해서 온도차가 있을 때였던지라 분위기가 얼어 있었어요. 콘서트가 시작돼서 오신 분들을 소개하는데, 교육감 협의회 회장이 갑자기 핏대를 올리는 거예요. 그래서 "잠깐만요. 여기서 이러시면 곤란하고요. 필요한 건 서면으로 하시지요"라고 하면서 재치 있게 넘어갔습니다. 수직 구조가 가진 무게에 눌려 있지 않다는 것을 말로 표현함으로써, 분위기를 가볍게 만들어 불편함을 유쾌함으로 바꿀 수 있었습니다.

살면서 바른말만 하는데 밉지 않은 사람이 있습니다. 바른말을 유쾌하게 해서 그렇습니다. 사람들은 으레 뭔가를 하려고 하면 비장한 각오를 하고 진지하게 접근하잖아요. 이렇게 무게에 무게를 더하니까, 칼과 칼이 만나니까 문제가 되는 겁니다. 다들 힘들 때일수록 더 유연해야 할 필요가 있어요. '나만 무겁다'고 생각하니까 충돌과 갈등이 일어나는 거거든요. 만나기만 하면 자기의 불편한 감정을 쏟아내는 사람들이 보통 그렇게 생각합니다. 누가 그런 사람을 계속 만나고 싶겠어요? 유쾌한 사람, 만났을 때 잠깐이라도 힘이 되고 기운을 얻는 사람을 만나고 싶지요. 그러니 무거울 때일수록 가볍게 생각하는 버릇을 들이고, 삶이 버거울 때는 상대방에게 솔직하게 털어놓아 봅시다. 또 상대가 버거워 보일 때는 "무슨 일 있어?" 하고 물어볼 줄도 아는, 선순환이 이루어지는 삶을 만들어나가야 하겠지요.

삶의 짐을 서로 나누어 짊어지자는 것이 아닙니다. 잠깐이라도 즐겁고 가벼운 기분이 되어 삶의 무게를 잊을 수 있도록 하자는 겁니다. 인생을 너무 심각하고 무겁게만 볼 필요는 없어요. 그럴수록 무거워지는 것이 인생이니까요.

두 눈이 다 보이지 않아도

앞서 언급했지만 지금 제 오른쪽 눈은 보이지 않아요. 왼쪽 눈도 의학적 표현을 빌리자면 '실명 진행 중'입니다. 저는 2005년에 시각장애인 등록을 마쳤습니다. 다행히 왼쪽 눈은 어느 정도 보이기에 이 눈에 의존해서 세상을 바라보고 있어요. 겉으로는 멀쩡해보이지만 토크 콘서트를 할 때조차 돋보기와 일반 안경을 바꿔 껴야 할 정도로 초점이 잘 맞지 않아요. 특히 계단을 오르내리기가 힘들어서, 자연스럽게 에스컬레이터나 엘리베이터가 있는 건물을 좋아하게 되었습니다.

제가 살면서 들었던 말 중 가장 절망적인 말은 눈이

영 이상해서 병원에 갔을 때 의사 선생님이 했던 말입니다.

"아직 젊으신데 어쩌다……. 혹시 모르니 큰 병원에 한번 가 보세요."

청천벽력 같은 소리를 듣고 나니 모든 것이 원망스럽다가도 '누가 누구를 원망하나' 싶었습니다. 안경을 맞추러 갈 때마다 오른쪽 시력이 잘 나오지 않는다는 이야기를 들었는데 원래 시력이 나빠서 그렇겠거니 하며 넘긴 제 탓도 있으니까요.

눈이 나빠지기 전에 장애인 단체에서 주최하는 문화제에 사회를 보러 간 적이 있었어요. 그곳에서 삼십 년 가까운 세월 동안 단 한 번도 집 밖으로 나가본 적이 없다는 어느 분의 말씀을 듣고 큰 충격을 받았습니다. 집 안에 갇힌 채 가족들에게조차 짐짝 같은 존재로, 숨겨야 하는 존재로 삼십 년을 살아오신 거예요. 그분의 소원은 기차를 타고 동해에 가보는 것이었습니다. 우리는 마음만 먹으면 지금 당장이라도 시간을 내서 동해에 갈 수 있잖아요. 버스나 기차를 타고 가도 되고, 면허가 있다면 직접 운전해서 갈 수도 있고요. 하지만 그분에게는 항상 꿈꿔왔던 일이었던 겁니다. 그날 이후 저는 장애인 문제에 관심을 가지며 그들의 권익 향상을 위해 노력하게 되었습니다. 언젠가 그분의 소박한 소원을 현실로 만들어주고 싶어서요.

　　사실 장애로 인한 불편은 사회 구조에 따라서 그 정도가 크게 차이납니다. 예를 들어 휠체어로만 이동할 수 있는 사람은 제대로 된 경사로가 깔린 도로나 엘리베이터가 있는 건물에서는 불편함을 상대적으로 크게 느끼지 못할 것입니다. 하지만 육교나 계단이 많은 곳에 가면 새삼스럽게 장애로 인한 불편을 느끼게 되겠지요. 제가 에스컬레이터나 엘리베이터가 있는 건물을 훨씬 편하게 느끼듯이 말입니다.

　　제게는 서울시에서 발행한 시각장애인 무료 승차권이 있는데, 처음 무료 승차권을 썼을 때 깜짝 놀랐습니다. 지하철을 타면서 승차권을 가져다 댔는데 갑자기 '우대'라고 큰 소리가 나오는 겁니다. 다른 사람들이 승차권을 대면 '삐' 소리가 나는데 무료 승차권은 '우대'라는 말이 나오는 것이었지요. 그 소리를 들은 사람들이 저를 쳐다봐서 몹시 당황스러웠던 기억이 있습니다. 그런데 이제는 '삐' 소리가 두 번 나오게 바뀌었습니다. 그러니 사람들이 이상함을 느끼지 못하고 자연스럽게 지나가더군요. 이런 사소한 것부터 바뀌어야 한다고 생각합니다.

해외에 가면 거리에 휠체어를 타거나 의수, 의족을 한 장애인들이 많이 보입니다. 버스나 지하철 안에서도 종종 마주칠 수 있습니다. 하지만 우리나라에서는 어디에서든 신체적 장애인을 마주치기 힘들지요. 엘리베이터나 저상버스처럼 예전보다 장애인을 배려하는 시설이 늘어났는데도요. 생각해보세요. 오늘 몸이 불편한 분을 한 명이라도 마주친 적이 있나요?

신체적 장애인들이 각종 편의 시설을 활용하지 않는 이유는 우리 사회가 편견과 차별이라는 장애를 앓고 있기 때문이 아닐까 싶습니다. 몸이 불편한 데다가 편견과 차별에 한 번 더 짓눌린 탓에 세상에 나올 용기를 잃어버리면서 우리 눈에 보이지 않게 된 것이지요. 그러니 편견 없이 세상을 바라보는 사람들이 늘어날수록 장애의 무게는 줄어들 것입니다.

오른쪽 눈이 보이지 않게 되었을 때, 처음에는 너무나 힘들었습니다. 잘 보이던 것이 제대로 보이지 않고, 당연하게 생각했던 몸의 균형이 무너지니 정상적으로 활동하는데 예전보다 갑절 이상의 노력이 필요했습니다. 하지만 지금은 비장애인 위주로 돌아가는 우리 사회의 민낯을 제대로 들여다보기 위해서라면 오히려 한쪽 눈만 보이는 것이 더 괜찮지 않은가 생각하고 있습니다. 직접 불편을 체감하는 것이 문제를 인식하는 데 도움이 되니까요. 우리 사회에 장애인 편의시설이 늘어날수록 저는 불편을 덜 느끼며 살아가겠지요. 언젠가 두 눈이 다 보이지 않아도 잘 보이는 사람처럼 살 수 있는 사회가 오기를 바라봅니다.

누군가 지나간 자리에는
항상 흔적이 남습니다

최근 제가 인상 깊게 보는 단어 중 하나는 '흔적'입니다. 누구든 살면서 이 세상에 흔적을 남기고 갑니다. 저 또한 다양한 관계에서 벌어진 일들을 통해 수많은 흔적을 남기고 왔을 것입니다. 남은 삶을 사는 동안 '어떤 흔적을 남길 것인가'하는 고민도 계속하겠지요. 그리고 이 흔적을 남기는 가장 중요한 매개가 말이라고 생각합니다. 이것이 제가 말에 대한 이야기를 하는 이유입니다. 그 사람이 한 말을 통해 그 사람에 대한 기억이 남고, 기억에 대한 표현도 좋든 나쁘든 대개 말로 표현될 수밖에 없습니다. 기뻤다거나, 짜증났다거나 하는 식으로요.

흔적은 가장 가까운 사람들 사이에서 더 깊게 남는 것 같습니다. 사랑한다는 이유로 상처를 주고받는 관계가 가족이라는 말도 있지요. 가슴에 못이 박힌다는 비유가 참 정확한 것이, 못을 박을 때 작정하고 어딘가에 박기도 하지만 실수로 잘못 박을 때도 있거든요. 이처럼 실수로, 무심코 뱉은 말들은 상대의 가슴에 못처럼 박혀 마음을 아프게 합니다. 화해하고 용서하면서 박힌 못이 빠지기도 하지만 텅 빈 흔적은 그대로 남아 있지요. 결국 한번 뱉으면 돌이킬 수 없고 상처를 치유하기도 쉽지 않기 때문에 말은 항상 신중하게 해야 합니다. 쉽지는 않지만요.

저 역시 가슴속에 무수한 흔적이 남아 있는데, 먼저 아버지에 대한 흔적을 적어둘까 합니다. 저희 아버지는 건설 사업을 하셨는데 그때만 해도 계약서가 따로 없어서 집을 지어주고 나면 수금을 직접 했습니다. 지금도 기억나는 것이, 아버지는 수금을 하면 누런 봉투에 돈을 둘둘 싸서 갖고 오셨었어요. 당시만 해도 정육점에서 고기를 담을 때 누런 봉투에 담아주었는데, 그 봉투에 수금을 해서 오셨지요.

문제는 그렇게 수금한 돈을 무사히 가져오시는 것이

아니라 항상 주변 사람을 챙기시다가 돈이 줄줄 새곤 했습니다. 제 어머니는 그런 아버지를 뒷바라지하시느라 많이 힘드셨는지 맏딸인 제게 매번 하소연을 하셨고요. 아버지가 술에 취해 돌아온 날이면 가끔 어머니와 같이 아버지 흉을 보며 동네 산책도 하곤 했어요. 그런 일들 때문에 알게 모르게 제 마음속에 아버지에 대한 부정적인 이미지가 심어진 것 같습니다.

아버지는 술을 마시고 기분이 좋을 때 저희 사 남매를 일렬로 쫙 세워두고 돈을 주시곤 했습니다. 근데 세상 어느 누가 돈을 공짜로 주나요. 늘 대가를 치러야 했습니다. 주무실 때까지 아버지는 잔소리를 쏟아내셨고, 저희는 그걸 다 들었어야 했지요. 그래서 아버지가 저쪽에서부터 큰소리를 내면서 오시면 돈이고 뭐고 짜증이 나서 장롱 속에 숨기도 했습니다. 그래서인지 몰라도 아버지가 저에게 어떤 의미인지 생각해보기도 전에 이유 없이 아버지가 조금씩 미워졌어요.

상처를 받게 된 직접적인 계기도 있는데, 제 때만 해도 새 학기가 되어야 새로운 학용품을 살 수 있었습니다. 저는 시내 한가운데 살았기 때문에 당시에도 주변에 백화점이 여럿 있었어요. 그 백화점들을 순회하면 말 그대로 신세계가 열렸습니다. 아름다운 조명 밑에서 온갖 물건들이 빵긋웃는 것 같았지요. 가방과 공책을 사서 개학 날만 기다리고 있었었는데, 그날 저녁에 어떤 이유에서인지 몰라도 아버지가 새로 사온 책가방으로 저를 몇 대 때렸습니다. 책가방을 열어보니 공책 끝이 구겨져 있었어요. 맞은 것도 슬펐지만 새 공책이 구겨진 것이 너무 속상해서 눈물이 나왔지요.

누가 박은지도 몰랐던 못을 가슴속에 품은 채 미움으로 보내던 날들이 지나 저는 20대가 되었습니다. 저 자신을 시험해보겠다고 마산 수출 자유 지역에 잠깐 내려가서 일을 하고 있었는데, 어느 날 옆집에 사시는 할머니가 작은 병에 알로에 술을 담가서 주셨습니다. 피부에 스킨처럼 바르면 좋다고 말씀하셔서 받았지요. 그런데 그 순간 왜인지 술을 좋아하셨던 아버지 생각이 났습니다.

'우리 아버지가 술을 참 좋아하시는데.'

그래서 그걸 먹지 않고 불쑥 인편으로 본가에 보냈습니다. 그랬더니 며칠 후에 편지와 만 원짜리 몇 장이 왔어요. 아버지에게 처음으로 받아본 편지를 열어보니 몇 줄 되지 않는 글자가 적혀 있었습니다.

딸, 잘 지내냐? 많이 못 줘서 미안해. 부족하지만 잘
쓰고 건강하게 지냈으면 좋겠다.

화려한 수식도 없고, 멋들어진 글도 아니었지만 투박
하고 단순한 말들이 제 마음속에 남은 앙금을 다 녹여버린
기분이었습니다. 그 투박함이 제 아버지를 닮아서 더 크게
다가온 것이겠지요. 잔잔하고 덤덤하지만 누구보다 짙은
사랑을 느꼈습니다. 그날 이후로 저는 속으로 아버지와 화
해했습니다. 이유 없이 새겼던 미움, 박혀 있던 못을 뽑으니
상처는 저절로 아물더군요.

물론 지금까지도 구겨진 공책 끝이 남긴 흔적은 제
마음속에 남아 있지요. 하지만 그 상처를 쓸어볼 때마다 오
히려 따뜻한 온기가 느껴집니다. 다친 상처에 새살이 차오
른 것처럼, 어리고 새로 난 모든 생명들은 조금 더 높은 온
도를 가진 것처럼 말입니다. 메워진 상처가 관계를 더 따뜻
하게 만들어 준 거지요.

결혼하면서 만나게 된 또 다른 아버지, 시아버지와의 일들도 생각이 납니다. 시아버지가 재작년에 돌아가셨는데, 생전에 대화를 나눌 기회가 별로 없었습니다. 시댁이 부산이기도 했고, 제가 여러 행사의 진행을 보면서 사회적으로 드러나는 일들을 하다 보니 아버님이 저를 불편해하셨어요. 또 제가 서울 출신인지라 기본적으로 사용하는 말투가 다르기도 했습니다. 처음 시댁에 갔을 때 억양이 너무 높고 강해서 저는 싸우는 줄 알았습니다. '욕보다' 같은 이해할 수 없는 단어는 공격적으로 느껴지기도 했고요. 추석 때 밤하늘에 뜬 둥근 달을 보며 하염없이 울기도 했습니다. 적진 한가운데 혼자 포로로 갇힌 기분이 이런 걸까 싶었지요.

사회를 보는 모습을 보고 다들 제가 외향적인 사람인 줄 알지만, 사실 그렇지 않습니다. 말도 직접적으로 못하는 걸요. 그래서 시댁에 가면 가사 도우미처럼 말없이 설거지만 했고, 그나마도 자주 찾아뵙지도 못했습니다. 그래서 더 저를 내심 불편해하셨던 것 같습니다.

그런 아버님이 심근경색으로 두 해 정도 앓으시다 요양 병원에 들어가셨는데, 제가 찾아가 뵙기만 하면 우셨습니다. 제 아들이 가면 정정하게 웃으시면서 할아버지는 여기 잘 있을 거라고 이야기하셨으면서요. 그때는 그런 아버님이 잘 이해되지 않고 그저 부담스럽게만 느껴졌습니다.

그러다가 갑자기 돌아가시고 장례를 치르게 되어서, 마무리를 잘해야 된다는 것 외에 다른 생각은 할 겨를이 없었습니다. 남편은 해외에 출장 가 있는 상황이었고, 식구들도 단출해서 경황도 없이 허겁지겁 보내드렸어요. 그렇게 장례식을 마치고 집에 돌아왔는데, 혼자 대충 차려놓은 밥상에 앉아 한 숟갈 뜨려다 문득 이 생각이 스쳤습니다.

'아버님께 따뜻한 밥 한 끼 해드리지도 못했구나.'

제가 음식 솜씨가 없습니다. 그러다 보니 밥을 제대로 해드린 적이 없었습니다. 차례를 지내느라 제사상에 올린 음식들을 나눠 먹기나 했지요. 요즘에도 계속 제사를 지내는데, 음식을 사오기도 하고 집에서 만들기도 하면서 위패 앞에 상을 올릴 때마다 살아계실 때 나누었다면 좋았겠다는 생각이 맴돕니다. 너무 미안해하지 말라고 말씀도 좀 드릴 걸, 하는 생각도 들고요.

두 아버지와의 관계에서 새롭게 생각한 것들이 있습니다. 사실 못을 박는 일은 못과 망치만 있어서는 할 수 없습니다. 못을 박을 '벽'이 있어야 하지요. 마음에 박혔다고 생각했던 못들, 그 못이 박힌 벽은 사실 내가 만들어낸 것입니다. 마음의 벽을 세우지 않았더라면, 말캉하고 부드러운 마음으로 진심을 다해 그분들을 받아들였다면 던져진 말들은 넓은 호수에 던진 작은 조약돌처럼 풍덩 빠지고 말 뿐이었을 겁니다. 물론 마음속에 가라앉아 있기에 문득문득 생각은 날 테지만, 아무도 다치지 않는 말이었겠지요.

이것은 아버지와의 관계와 다른 관계들을 모두 살피고 지나온 흔적들을 만져보면서 깨달은 것입니다. 소통은 상호 간에 이루어지는 것이기에 못을 박는 일도, 흔적을 남기는 일도 혼자서는 할 수 없다는 사실을 알았습니다. 내가 그들의 말과 행동, 태도를 못처럼 날카롭게 받아들인 것은 아닐까 돌이켜보게 되었습니다. 또 그들에게 받은 상처만큼 내가 상처를 주지는 않았나 반성도 하게 되었습니다.

가장 아끼고 사랑하는 사이기에 서로에게 상처를 많이 주고, 또 받는 아이러니가 싫지 않습니다. 어찌 됐든 서로에게 가장 큰 영향을 준다는 것이니까요. 서로가 서로에게 중요한 사람임을 알고 노력하는 일이 더 중요합니다. 여기서 이야기하는 노력은 특별한 것은 아닙니다. 서로에게 세운 벽을 허물고 꾸미지 않은 진심을 담아 건네는 말과 행동. 그것이 관계를 따뜻하게 품어 아픈 흔적들을 지웁니다. 그때의 말은, 따뜻한 마음은 돌멩이처럼 날아오지 않습니다. 마치 호수 위를 지나며 아름다운 잔물결을 만드는 바람처럼 불어오겠지요. 바람은 호수의 모양을 조금씩 바꾸며 아름다운 흔적을 남길 것입니다.

사진은 지워지지 않는 감정을
담고 있습니다

저는 사람들에게 관심이 많습니다. 특히 자기만의 스토리를 갖고 있는 사람을 좋아합니다. 자기 삶의 무게를 거뜬히 짊어지고 사는 사람, 그걸 이겨내는 사람의 모습이 참좋아 보입니다. 그래서인지 한 사람의 일생을 엿볼 수 있는 사진을 좋아합니다. 누구나 추억이 깃든 사진을 볼 때마다 떠오르는 얼굴들이 있겠지요. 저 역시 기억에 남는 사진들이 있습니다. 그중에서도 슬픔이 깃든 사진은 쉽게 지워지지 않습니다.

지금은 이 세상에 없는, 윤은중이라는 미술 해설사와 알고 지냈습니다. 알게 된 지 일 년도 안 돼서 하늘나라로

갔는데, 그분의 영정사진을 보며 깊은 슬픔을 느꼈습니다. 그는 굉장히 입지전적인 사람이었습니다. 어렸을 때 부모님의 불화가 심해서 가출을 해 천주교에서 운영하는 부산의 소년의 집이라는 곳에 가서 열아홉 살 때까지 살았는데, 그곳에서 공고에 진학한 후 삼성전자에 입사했습니다. 그렇게 '삼성맨'으로 열심히 일하면서 지냈지요. 하루는 유럽 배낭여행객들에게 잘 알려진 어느 여행사 대표가 은중 씨에게 자신과 같이 일하면 어떻겠느냐고 제안했다고 합니다. 그래서 휴가를 내고 여행을 갔다가 여행사 일이 너무 재미있어서 삼성을 때려치우고 가이드의 삶을 살기 시작했습니다.

저는 은중 씨를 어느 다큐멘터리를 보다가 알게 되었습니다. 《1만 시간의 법칙》을 이야기하는 은중 씨가 카메라에 살짝 스치듯 잡히더군요. 첫인상이 굉장히 강렬했습니다. 그 후 우연한 기회에 은중 씨와 만날 자리가 있었는데, 첫인상과 달리 알고 보니 굉장히 투박한 사람이었습니다. 제가 누군가와 술을 마시면 빠르게 친구가 되는 매력(?)이 있고 나이도 한 살밖에 차이 나지 않아서 금방 친구가 됐지요.

은중 씨는 미술관 가이드를 하면서 루브르 박물관을 천 번 이상 다녀왔습니다. 그래서 붙은 별명이 '루천맨'입니다. 그는 쌓인 시간과 경험을 이용해 누구보다 미술품 설명도 잘하고 분위기도 이끌어 나갔습니다. 그렇게 인생이 바뀌기 시작했는데, 은중 씨가 가이드 하는 것을 보고 모 기획사의 사장이 그에게 직접 연락해 예술의 전당에서 그림을 전시해두고 그림 설명과 함께 노래를 곁들이는 '아르츠 콘서트Arts concert'의 가이드를 부탁했습니다. 그 콘서트에서 그림 설명을 하면서 은중 씨는 인생의 절정기를 맞았습니다. 기업에 강의도 나가느라 바쁜 그를 지켜보면서 저는 '우리 같은 보따리 장수들은 건강이 최고니까 먹는 거 잘 챙기고 다니라'고 말해주기도 했지요.

어느 날 저는 그가 진행하는 작은 공연을 보다 한 독일 화가의 너무나도 쓸쓸하고 우울한 작품을 봤습니다. 보자마자 그 작품에 확 꽂혔지요. 그래서 은중 씨가 독일로 그림 보러 간다기에 모사본이라도 가져다 달라고 부탁했더니, 귀찮았는지 툴툴거리면서 알겠다고 답하고 갔습니다. 다녀와서 "내가 이놈의 그림 때문에"라며 이야기를 하는데, 첫날에 들른 미술관에 제가 말한 그림이 있었다고 합니다. 그래서 샀더니, 돌아다니는 한 달 내내 챙기느라 고생이 많았었다는 겁니다. 그가 저를 생각해준 마음이 고마워서 그림을 소중히 보관하려고 액자에 끼워두었습니다.

얼마 지나지 않아서 윤중 씨의 소식이 들려왔습니다. 간암이라고 했습니다. 일이 년을 불꽃처럼 살다가 갑자기 날벼락이 떨어진 것이지요. 딱 두 달 살 수 있다는 시한부 판정을 받았습니다. 병문안을 간 그 순간에도 저는 무거울수록 가벼워져야 한다는 생각으로 반갑게 인사를 건네고, 일부러 재미있는 이야기도 했습니다.

"내가 오니까 좋지? 역시 친구밖에 없다니까. 너 나한테 술도 사야 하고 아직 할 일도 많으니까 아프면 안 된다. 너무 걱정하지 말고. 웃으니까 약보다 낫지 않냐?"

그랬더니 제 손을 꽉 잡더군요. 말로 할 수 없는 친구의 마음이 손이 저리도록 느껴졌습니다. 그는 그렇게 고통을 겪다가 자신이 자랐던 소년의 집으로 돌아가서 마지막 먼 길을 떠났습니다. 일산 병원에서 장례를 치르는데, 처음으로 영정사진이 울고 있는 것 같은 느낌을 받았습니다. 나조차도 은중 씨가 살기를 그렇게 바랐는데, 은중 씨 본인의 마음은 어땠을까요. 치열한 삶을 버티며 살아내다가 마침내 인생의 전성기를 맞아 활발하게 활동하려는데, 집을 잘 꾸며놓은 뒤 신나서 자랑하고 가장 빛나는 시절을 이제 살아보나 싶었는데 육 개월도 안 되어 갑자기 세상을 떠나버리다니요.

은중 씨를 지켜보며 정말 '삶이란 무엇인가' 싶었습니다. 비록 함께한 시간은 길지 않았지만, 주변에 이렇게까지 열정적으로 산 사람이 많지 않았으니까요. 바람 잘 날 없이 하루하루 전쟁 같은 삶을 살아왔던 사람이 그렇게 덧없이 가버리는가 하면, 온갖 악행을 저지르면서 주변에 민폐를 끼치는데도 떵떵거리면서 잘사는 사람들이 있잖아요. 그래서 한동안 '인생은 정말 불공평한 것이구나'하는 생각에 깊게 빠져서 무기력한 상태로 지냈었습니다. 제가 할 수 있는 일이라고는 사십구재가 있는 날까지 좋은 곳에 가라고 매일 기도하는 것뿐이었어요. 지금도 문득 은중 씨의 얼굴이 떠오를 때마다 지워지지 않는 깊은 허무함이 마음 한구석에 고개를 내미는 것 같아요.

사진에 서리는 기억은 어째서 더 깊게 남는 걸까요. 보자마자 무거운 짐을 짊어진 듯한 느낌을 받았던 사진도 기억이 납니다. 군 의문사 진상 규명 촉구 추모제에 갔더니 수많은 사람들의 얼굴이, 그것도 새파란 젊은이들의 얼굴 사진이 백범 기념관 단상 위에 쫙 놓여 있었습니다. 그 이후 에는 세월호 합동 분향소가 더 어린 학생들의 얼굴 사진으로 가득 찼지요. 그래서 한동안 분향소는 차마 갈 엄두를 내지 못했습니다. 미처 삶을 꽃피우기도 전에 져버린 사람들의 얼굴을 쳐다볼 수 없었으니까요.

추모제 시작 시간이 오후 2시였는데, 시작하자마자 짓눌리는 느낌을 받았습니다. "군 의문사 진상 규명 촉구 및 추모제를 시작하겠습니다." 하는 순간 자리에 참석한 어머 니들이 다 흐느끼기 시작하는데 갑자기 어깨가 너무 아팠습 니다. 삼십 년 동안 무대를 진행하면서 처음 겪었던 일이었 지요. 행사를 마치자마자 그 무게감 때문에 맨정신으로는 못 있겠어서 바로 '소주 마시러 가자'고 했을 정도였습니다.

어린 장병들의 사망 원인이 아직까지도 밝혀지지 않고 있습니다. 부모 입장에서는 어디에 하소연할 수도 없어 쌓이는 그리움이 넘쳐나겠지요. 그런데 이 모든 것은 늘 당사자들만의 일이 돼버려서 그들만 목소리를 내고 있습니다. 지금도 국방부 앞에 가면 고엽제 피해자분들, 군 의문사 장병의 부모님들이 계십니다. 그분들의 절규를 왜 아무도 진심으로 듣지 않을까요. 그렇게 몇십 년이 흐를 것이고, 그 젊은이들의 사진들은 언제까지나 남아 있을 것입니다. 그분들의 슬픔도, 아픔도 언제까지나 남아 있겠지요. 우리 모두가 그들의 말에 조금이라도 귀를 기울이면, 그리고 슬픔을 나눌 수 있다면 좋겠습니다.

또 여러 현장을 다니면서 마주치는 비정규직 노동자분들의 영정사진이 있습니다. 이름도, 얼굴도 몰랐던 분의 추모제를 진행한 적이 있습니다. '비정규직 차별 철폐'를 외치면서 분신을 하다가 끝내 돌아가신 분의 추모제였습니다. 근데 하필 분신한 분이 돌아가신 날이 그분 아들의 생일이었어요. 그날이 돌아올 때마다 가족들은, 특히 아들은 그 사건을 잊지 못한 채 평생 멍에로 안고 살겠지요. 사람은 늘 타인의 마지막 모습을 기억하기에 이런 안타까운 죽음을 볼 때마다 너무 아픕니다.

제가 서울 북부 지역에서 시민운동을 하던 시절, 길음역 미아리 텍사스에 불이 난 적이 있었습니다. 그 근방은 미용실, 세탁소 같은 조그만 점포들이 다닥다닥 붙어 있고 그 사이로 난 골목은 좁아서 빛이 거의 들어오지 않았습니다. 그래서 오후 2시에 가도 굉장히 음습하고 누군가 뒤에서 낚아챌 것 같은 분위기였지요. 그 무렵에는 골목이 노후화된 탓에 겨울에 불이 연달아서 나곤 했어요.

불이 난 현장에 들어가 봤는데, 장롱 크기의 방이 다닥다닥 붙어 있는 작은 점포에 한 사람 누우면 더 이상 자리가 없는 공간이 새카맣게 타 있었습니다. 그리고 문 안쪽에 손톱자국이 엄청나게 남아 있었지요. 그곳에서 일하는 성매매 여성들이 도망갈까 봐 문을 밖에서 잠가두어 나오지를 못했던 겁니다. 그 현장의 참혹함은 오랜 시간이 흐른 지금까지 선명하고 또렷하게, 화상을 입은 듯 아린 통증으로 남아 있습니다.

태어나면서부터 몸을 팔아서라도 돈 벌겠다고 생각하는 사람은 없습니다. 그런데 어떤 사람들은 '그들의 선택'이라고 쉽게 말합니다. 식당에라도 나가면 되지 돈을 쉽게 벌려고 하니까 그런 선택을 한 것이라고 하지요. 하지만 그런 말은 성을 팔기까지 그들이 어떤 고통 속에서 살아왔는지 모르기에 뱉을 수 있는 말입니다. 오죽하면 그런 선택을 했겠습니까. 한번 그 길에 빠져들게 되면 악순환이 반복됩니다. 도저히 빠져나올 수 없는 늪과 같은 곳이라 한번 발을 디디게 되면 목숨마저 저당 잡힌 채 발버둥 치며 살아야 합니다. 올가미에 걸린 짐승처럼 울부짖는 그들의 목소리를 듣고자 하는 이들이 얼마나 될까요? 그렇게 그분들의 문제는 진지하게 다뤄지지 않은 채 가려지고 마는 겁니다.

그 화재 사건에 희생당한 분들의 영정을 놓고 길거리에서 노제를 벌였습니다. 그때 말문이 막히는 경험을 했습니다. 이렇게 죽고 나서야 사람들이 알게 되는 건가, 그제야 그 사람들의 처지에 관심을 보이는 건가 싶어서요. 이미 그 사람들은 떠나고 없는데 뒤늦은 관심이 무슨 소용이 있고 어떤 위로가 되겠습니까. 누군가가 죽어야만 바뀌는 세상에 환멸을 느끼기도 했습니다.

그렇게 먼 길을 떠난 분들의 사진을 보고 있으면 그들이 말을 걸어오는 것 같습니다. 그 말에 가만히 귀 기울이면 어떤 감정이 제 안에서 소용돌이칩니다. 허무함과 함께 분노가 치밉니다. '누구도 주목하지 않는 이 사람들이 조용히 세상을 떠난다면, 세상과의 작별을 애도하기는커녕 떠났다는 사실조차 모른다면 그들의 문제 역시 평생 가라앉겠구나.' '아무리 시간이 흘러도 사회 문제는 똑같은 모습으로 반복되겠구나.' 그들의 사진을 바라보며 느낀 허무한 감정을 문제의식으로 바꾸어야 한다는 생각이 듭니다.

지금까지도 제가 열정적으로 살 수 있는 것은 세상의 잘못을 납득하지 않았기 때문입니다. 제가 느끼는 이 분노가 하나의 불씨가 되어 세상의 잘못을 차근차근 없애나갈 수 있다고 믿습니다.

말 한마디가
대박과 쪽박을 가릅니다

'말 한마디'의 중요성에 대해 말하기에 앞서, 배경 설명을 위해 제 어머니 이야기를 해볼까 합니다. 어머니는 굉장히 생활력이 강하시고 음식 솜씨가 좋으셨어요. 그래서 제가 대학에 들어갈 때부터 저희 둘째 아이가 태어날 때까지 십수 년간 족발 장사를 하셨습니다. 또 이태원에 오래 살아서 그런지 외국인들과 굉장히 친하게 지내셨습니다. 어머니는 많이 배우신 분은 아니었지만, 친화력이 좋으셔서 사람들과 붙임성 있게 이야기를 잘하세요. 그래서 영어를 몰라도 미군들과 대화가 다 됐습니다. 심지어 미군 아이들을 돌봐주고, 아내가 바람난 미군을 위로해주기도 하셨습니다. 나중에 어떻게 알았느냐고 여쭤보니 그냥 눈치로 다 알았다고 대답하시더군요.

그전부터 어머니는 안 해본 장사가 없었습니다. 수입이 자유롭지 않던 시절이라 미군 부대에서 나오는 미제 물건이 희귀했습니다. 집이 이태원이라는 지역적 특성을 이용해서 물건들을 쏠쏠히 팔았지요. 그때만 해도 불시에 검문해서 물건 판매를 단속하고, 수상한 집을 골라 털기도 했기 때문에 제가 판매책이 되기도 했습니다. 어린 아이들은 단속으로부터 자유로우니까요. 덕분에 바나나, 파인애플 같은 열대 과일이 귀해서 백혈병이나 걸려야지 먹는다고 농담처럼 이야기하던 시절에도 저는 마음껏 먹었습니다.

앞서 이야기했듯이, 가족처럼 흔적을 많이 주고받는 관계는 없습니다. 어머니와 관련된 흔적 역시 많았는데요. 제가 친구네 집에 놀러 갔던 날이었어요. 화려한 홈드레스를 입으신 친구 어머니께서 상냥한 미소를 지으며 문을 열고 맞아주셨습니다. 그리곤 자리에 앉으라며 안내를 해주시더니 맛있는 간식도 내주셨어요. 저는 어머니가 그럴 수 있다는 것을 처음 알았습니다. 우리 어머니는 매일 쉬지 않고 일하셨으니까요. 지금 보면 철없는 어린 시절의 생각이지만, 친구의 어머니를 보고 난 뒤로 우리 어머니가 조금 부끄럽게 느껴지기도 했던 기억이 납니다.

어머니는 자신을 열심히 꾸미지는 않았어도 세상의 많은 사람과 관계를 맺으면서 경험을 통해 삶의 지혜를 배우셨기에, 지금은 그런 어머니가 존경스럽습니다. 이렇게 보면 흔적이라는 것도 어떻게 생각하느냐에 따라 와닿는 느낌이 다른 것 같습니다.

이렇게 억척스럽게 살아오시던 어머니가 어느 날 족발 가게를 시작하셨습니다. 주변에 군인 아파트가 많아서 판로가 빵빵하다 보니 작게 시작했는데도 대박이 났어요. 저 역시 열심히 거들었는데 장사가 잘되는 것에는 다 이유가 있었어요. 요즘 자영업이 어렵다고 말하지만, 그 와중에도 꾸준히 잘되는 가게는 잘되잖아요. 여러 이유가 있겠지만 그중에서도 중요한 요소가 '말'입니다. 말 한마디로 쪽박을 치느냐, 대박을 치느냐가 결정되는 거지요.

요즘도 그렇지만 그때도 배달, 포장이 많았고 배달을 시키면 콜라를 서비스로 줬지요. 여기서 저는 서비스로 나가는 콜라도 그냥 주지 않았습니다. 배달 주문 전화가 오면 주문을 다 받은 뒤에 "아, 오늘 축구 경기가 있지 않습니까? 우리나라가 시원하게 이기길 바라면서 콜라 한 병 서비스로 드리겠습니다!" 이렇게 말했습니다. 그러면 원래 나가는 서비스인데도 손님이 더 기분 좋게 받을 수 있지요.

또 족발을 팔아본 사람은 알겠지만, 앞다리와 뒷다리의 맛이 다릅니다. 앞다리가 살이 더 많고요. 뒷다리는 기름지고 살이 별로 없습니다. 그래서 요새는 아마 가격도 다르게 받을 겁니다. 그런데 당시에는 딱히 가격 구분을 안 했으니까, "특별히 선생님께 쫄깃쫄깃하고 맛있는 앞다리로, 따끈따끈하게 보내드리겠습니다. 조금만 기다리세요"라고 말하면 손님이 굉장히 좋아했습니다. 먹방을 할 때 맛 표현을 하듯이, 족발의 맛을 실감 나게 설명해주면 같은 족발인데도 더 먹음직스럽게 느껴지거든요. 어머니의 음식 솜씨도 솜씨였지만, 제 말하는 방법이 효과적이었는지 제가 전화를 받는 날에는 예외 없이 완판이었습니다.

그리고 바쁘다 보면 배달이 밀리거나 실수할 때가 있기 마련입니다. 손님에게 컴플레인이 들어올 때도 말을 잘하면 의외로 쉽게 풀리는 경우가 있어요. "선생님, 제가 특별히 신경 쓰느라 늦어졌습니다. 원래 콜라 한 병인데, 두

병 넣어 드렸습니다." 이렇게 이야기하면 손님도 기분이 풀어져서 넘어가게 됩니다. 여기서 주의해야 할 것은 사실대로 말해야 한다는 겁니다. 배달 음식을 시켜 먹을 때 가장 많이 듣는 거짓말이 "지금 갑니다"잖아요. 배달이 늦어져서 출발했는지 물어보면 준비가 안 됐을 때도 이렇게 둘러대지요. 그러면 전화하는 사람도 찝찝하고 속는 기분이 듭니다. 오히려 이럴 때는 정확한 사실을 이야기해주는 것이 좋습니다. "죄송합니다. 출발한 지 10분 정도 되어서 지금 어디쯤 있을 겁니다." 이렇게 구체적으로 말하면 훨씬 큰 신뢰감을 주지요. "방금 출발했어요." 이렇게 말했다가 배달이 늦으면 한 번은 먹어도 두 번은 시키기 싫어집니다. 그런 사소한 말 한마디 한마디가 가게의 평판을 결정하고, 결국에는 쪽박과 대박을 가르게 되는 것입니다.

식당에 한 번 왔었던 손님이 또 왔을 때, 인상착의를 기억했다가 "어머, 잘생긴 총각 또 오셨네." 이렇게 말한다면 어떨까요. 이 말은 분명 칭찬이지만, 그 사람을 특정하는 말도 아니고 누구나 할 수 있는 말이라서 크게 기억에 남지 않습니다. 그런데 "또 오셨네요? 총각은 눈매가 볼 때마다 멋있네"라고 말하면 똑같은 칭찬이지만 그 사람의 특징, 장점을 콕 집어 이야기했기 때문에 훨씬 기분이 좋아집니다. 이것이 같은 말도 구체적으로 해야 하는 이유입니다. 칭찬은 고래도 춤추게 한다는 말이 있잖아요. 고래가 춤을 추게 하려면 아무 칭찬이 아니라 구체적으로, 정확하게 칭찬을 해줘야 한다는 겁니다. 칭찬은 하는 사람에게는 상대방의 매력을 발견하게 해주고, 듣는 사람에게는 자신의 몰랐던 장점을 알게 되어 기뻐할 수 있는 계기를 만들어줍니다. 하는 사람과 듣는 사람 모두에게 좋은 일이 되는 거지요.

항상 상대방의 입장에서 '그 사람이 어떻게 생각할까? 이왕이면 어떻게 더 기분 좋게 할까? 그분들을 유쾌하게 하는 건 뭘까?'를 생각하세요. 일단 기분이 좋아야 이야기도 잘 풀리고, 그래야 비즈니스를 하든 좋은 관계를 만들든 긍정적인 결과를 얻을 수 있습니다. 차에 들어 있는 카페인 성분은 사람을 기분 좋게 만들어줘 관계를 유연하게 한다고 합니다. 그래서 어려운 이야기를 할 때는 따뜻한 차를 마시는 것이 좋다고들 하지요. 말도 마찬가지입니다. 차 안에 들어 있는 성분이 사람의 마음을 묘하게 가볍고 편안히 만들어주는 것처럼, 말을 할 때도 상대방의 입장부터 생각한다면 대화의 시작이 달라지면서 얼마든지 분위기를 편안하게 만들 수 있습니다. 내 목적, 내 생각만을 갖고 이야기하니까 갑자기 선을 넘어 불쑥 들어오게 되고 목표에 접근하지 못하면 애간장이 타서 대화가 잘 이어지지 않는 경우가 생기는 겁니다. 신기하게도 대화할 때는 남의 입장을 고려하는 것이 나를 위해서도 좋은 행동이 됩니다. 말하기에 있어서 이만한 노하우도 없습니다. 뻔하지만 실천하긴 어려운 것이지요.

누구나 꿈을 개척할 권리가 있습니다

앞서 저와 부모님 사이에 남은 흔적에 관해 언급했는데, 언젠가 제가 아이들을 기르면서 자연스럽게 남은 흔적들에 대해서도 생각을 해봤습니다. 한창 아이들의 '중2병' 때문에 힘든 적이 있었거든요. 사춘기를 지나면서 오는 이 '중2병'은 도무지 낫지 않는 불치병인 것인지, 저희 큰 아이가 긴 시간 헤어나오지 못하고 있습니다. 둘째도 전염이 된 것 같기도 하고요.

어느 날, 큰 아이가 제게 "말싸움에서 이기는 방법이 뭔지 알아? '근데'만 하면 돼"라고 말하더군요. 그런데 이걸 자기 친구에게 적용하는 것이 아니라 저에게 고스란히 적용하는 겁니다. 지금은 좀 덜하지만, 한창때는 제가 무슨 얘기를 하든 "근데?"라고 했어요. 그렇게 대꾸를 하면 말문이 탁 막히면서 울화가 치미고, 대화도 안 되더군요.

이때 '같은 이야기를 하는데 왜 부모가 말하면 잔소리가 될까?' 하는 의문이 들었습니다. 옆집 아줌마가, 선생님이 똑같은 이야기를 하면 덤덤히 수긍하는 아이가 왜 엄마가 하는 말에만 그렇게 짜증을 낼까 싶어서 고민이 많았지요. 그래서 상담을 받으러 친한 정신과 의사 선배를 찾아가 요새 아이가 자꾸 무슨 말만 하면 반항한다고 하소연을 했어요. 그랬더니 선배가 딱 한마디 하는데, 아이를 키우면서 한번도 생각지 못했던 굉장히 충격적인 조언이었습니다.

엄마가 되어라.

처음에는 황당했습니다. 아이를 잘 길러보고 싶어 전문가의 조언을 들으러 갔는데 나온 처방이 '엄마가 되어라'라니요. '그럼 내가 이모야? 옆집 아줌마야?'라는 생각이 들면서 대체 무슨 이야기인가 싶어 화가 났습니다. 심지어 아이에게 옆집 아줌마에게 하듯이 예의 바르게 대해주면 좋겠다고 이야기한 적도 있었는데 말입니다. 그런데 이어지는 이야기를 듣다 보니, 이 말이 무슨 의미인지 비로소 깨닫고 울컥했습니다.

엄마는 있는 그대로 받아주는 사람입니다. 또 어떤 상황에서도 자식을 살피며 보듬어주고, 기르는 사람이지요. 그런데 저는 엄마가 아니라 형사고, 교도관이고, 선생님이었던 겁니다. 처음에는 이해가 되지 않았는데, 가만히 생각해보니 그 의미를 알 수 있었습니다. 엄마라면 자식과 라면 하나 끓여 먹으면서도 깔깔 웃을 수 있어야 하지요. 함께 소통하며 별것 아닌 것에도 행복해야 하는데, 아이가 학교에서 돌아오면 엄격하게 말하고, 선생님처럼 굴었어요.

"야, 손부터 닦아. 밖에 나갔다 오면 손부터 닦아야 한다고 이야기했지."

또 시험 때가 되면 이렇게 말하곤 했습니다.

"야, 너 집 밖으로 한 걸음만 나가 봐. 엄마가 가만 안 둬. 여기부터 여기까지 꼭 풀어야 해. 너 시험이 내일모레인

거 알지. 반드시 이건 해야 해."

집은 아이의 자유를 구속하는 교도소였고, 저는 그런 아이를 감독하는 교도관이었습니다.

아이가 학교에서 무슨 일이 있다고 하면 아이의 마음을 읽어주는 것이 아니라

"또 왜 그랬어. 네가 잘못했지?"

라며 취조하는 형사가 되었습니다. 그 이야기를 들은 순간 엄마 역할을 한답시고 했던 행동들이 아이를 괴롭히는 일이었구나 하는 생각이 들어 얼굴이 화끈거렸지요. 그때는 아이를 잘 기르는 좋은 엄마들은 다 그렇게 한다고 믿었습니다. 솔직히 지금도 자식에 대한 사랑, 기대라는 이름으로 많은 것들을 붙잡고 있지요. 그런데 가만히 돌아보면 그건 아이가 원한 것이 아니라 제가 원했던 것이었어요. 남들 시선을 신경 쓰고 타인에게 잘 보이고 싶은 마음에 아이를 제 틀에 끼워 맞추지 않았나 싶었습니다. 그 이후로 저는

아이에게 선생님, 교도관이 아닌 엄마가 되어주겠다고 다짐했지요.

아이들 생각을 하다 보면 자연스레 아이들의 꿈, 장래도 그려보게 되더라고요. 저는 아이들에게 살면서 꼭 꿈을 가지라고 이야기합니다. 알고 보면 가짜 꿈에 시달리는 사람들이 많거든요. 예전의 저처럼, 사람들은 부모라는 위치를 권력처럼 내세워서 아이들을 몰고 갑니다. 이런 식으로요.

"시험을 잘 봐야 성적도 잘 나오고, 그래야 좋은 학교에 갈 수 있어. 그렇게 해서 좋은 직장을 얻으면 이렇게 많은 걸 할 수 있는데 얼마나 좋아? 그게 네가 살 길이야. 너를 위해서 이렇게 해야 하지 않겠니?"

하지만 어른들이 생각하는 '좋은 것들'이 정말 아이들에게도 좋은 것들일까요? 아이들이 진짜로 그것을 원할까요? 그건 장담할 수 없습니다. 아이들이 원한다고 말해도 사회적인 통념에 익숙해져서 나온 말이라는 생각이 들 때도 많아요. 어른들도 종종 그렇듯이, 익숙함에 속은 거지요.

저도 어렸을 때 그런 기억이 있습니다. 학교에서 자신의 꿈을 그림으로 그려오라는데 뭘 그려야 할지 모르겠는 거예요. 제가 초등학교 때 키가 엄청 커서 졸업할 때 162센티미터였어요. 당시 우리나라 여자 배구 국가대표 선수들의 키가 168센티미터 정도였으니까, 신체 조건으로는 국가대표감이었던 셈입니다. 그래서 주변 사람들이 종종 농구선수, 배구선수 하면 되겠다고 이야기하니 속으로는 전혀 관심이 없었는데도 배구선수를 그려서 가져갔지요. 사실은 공이 날아오면 피할 생각은 못하고 질끈 눈부터 감을 정도로 운동 신경이 완전 꽝인 사람인데도요. 그 후로도 얼마간 저는 '꿈이 무엇이냐'는 질문을 받으면 당시 유명했던 조혜정 선수 같은 배구선수가 되겠다고 둘러댔습니다. 사회적인 틀이 제 꿈을 만들어주었던 겁니다.

그러다 어느 날 말문이 트이면서 진짜 꿈을 가지게 되었습니다. 어릴 때의 저는 사람들을 잘 관찰한 뒤, 그들을 따라 하는 것이 재미있었습니다. 한번은 수업 시간에 집중해서 수업을 듣다 보면 선생님들의 특징이 보여서 그것을 기억했다가 친구네 집에 가서 떠들고 놀 때 선생님 흉내를 냈는데, 아이들이 깔깔깔 웃고 난리가 난 거예요. 다음

날 수업 시간에 한 친구가 손을 번쩍 들더니 "선생님, 광기가 선생님 흉내 진짜 잘 내요"라고 했습니다. 선생님이 앞으로 나오라고 부르니까 거절을 못 했지요. 그래서 뚜벅뚜벅 걸어나가서 선생님 흉내를 어떻게 잘 끝냈습니다. 그랬더니 아이들에게서 폭포수 같은 웃음소리가 터져 나왔어요. 살면서 처음으로 사람들 앞에서 말문을 텄는데, 말 그대로 전율이 느껴지듯 짜릿했습니다. 그렇게 진짜 꿈을 갖게 되었습니다. 세상 사람들과 소통하는 MC가 되고 싶다는 꿈이요.

진짜 꿈을 갖고 나니 어떤 자리에서 어떤 일을 해도 후회가 없었습니다. 꿈에 한 발짝씩 다가간다는 생각에 순간순간이 즐거웠고 의미 있었지요. 이후로 끊임없이 말과 관련한 새로운 일을 개척했습니다. MC가 되고 싶어서 인권 전문 MC가 되었고 나중에는 방송도 했지요. 공적인 무대, 사적인 자리를 가리지 않고 말을 하고, 대화의 분위기를 이끌어가다 보니 말 실력이 느는 것은 당연했습니다. 그러다 누군가를 가르칠 정도가 되면서 정치인같이 공적인 무대에서 말을 해야 하는 사람들을 가르치는 컨설턴트가 됐고, 많은 사람을 대상으로 하는 강의도 계속해서 나갔습니다.

미래에 대해 아무것도 몰랐던 어린 시절의 제가 한 번의 즐거운 경험을 통해 스스로 꿈을 찾았듯이, 꿈을 잊고 사는 사람들이 다시 한번 자신의 꿈에 대해 생각해봤으면 합니다. 저는 사람이 십 년 정도는 즐길 수 있는 일을 해야 어떤 분야에서든 전문가가 될 수 있다고 생각합니다. 또 그 정도는 해야 다른 일을 할 수 있는 힘도 생긴다고 생각하고요. 여러분에게 적어도 십 년 동안 즐길 수 있는 일은 무엇인가요?

제가 이룬 모든 것들의 시작은 '진짜 꿈'을 갖게 된 첫날 이루어지지 않았나 싶습니다. 진짜 꿈을 찾았고, 그걸 좇아왔기 때문에 반백 년을 산 지금까지도 행복하게 일할 수 있는 것이니까요. 남을 위해서 억지로 하는 일이었다면 얼마나 괴로웠겠습니까. 내가 재미있는 일을 하니까 뭘 해도 유쾌하고, 새로운 일에 호기심을 가진 채 도전하는 의욕도 생기는 것이지요. 저 역시 누군가의 말을 들어서 온 것이 아니라 스스로 이 길을 개척했으니, 아이들에게도 걷고 싶은 길을 고를 수 있게 하는 것이 제 역할임을 깨달았습니다. 나이에 상관없이 사람이라면 누구나 '진짜 꿈'을 찾는 노력을 하는 것이 중요하다는 사실 또한 알았지요. 지치지 않고 십

년은 걸을 수 있는 길, 그런데도 지루하기는커녕 걸을 때마다 새롭고 몰랐던 풍경을 보여주는 길. 누구나 그런 길을 걸었으면 합니다. 기억해두세요. 세상은 여러분이 해석하는 대로 모양을 바꾸고, 열린다는 것을.

한 번쯤은
미련 없이 행동해보세요

대학을 졸업한 뒤 상계 어머니학교에 들어가면서 여성들이 리더십을 키우고, 마을의 리더가 되어 마을을 살기 좋게 만들기를 바랐습니다. 주체적인 여성들이 자기 지역을 바꾸듯 자기 삶을 바꿀 수 있게 되기를 꿈꾸었습니다.

그래서 가난하고 배우지 못했다는 이유로 사람들 앞에서 당당하게 이야기하지 못했던 여성들에게 한글을 가르쳤습니다. 한글을 좀 아는 분들께는 영어를 가르쳤어요. 영어라 해봤자 알파벳부터 천천히 가르치는 것이 전부였지만요. 그렇게 함께하며 수업 외에도 어머니들과 인생 이야기를 나누고 공감하며 지냈습니다. 그때부터 누군가의 삶에 깃든 애환과 아픔에 공감할 수 있는 힘을 기르게 되었어요. 또 어머니들의 도전 정신과 열정이 정말 대단하다는 생각도 들었습니다. 태어난 시대가 야속해서 어머니들에게 기회를 주지 않았을 뿐, 그분들의 배우고자 하는 의지는 정말 대단했거든요. 가르쳐드리면 금방금방 배우고, 응용하는 것은 물론이었습니다.

어머니학교 학생 중 당시에 70대셨던 김복남 할머니가 기억이 납니다. 어느 날 할머니가 삐뚤빼뚤 당신 이름을 쓴 하얀 봉투를 가지고 오셨어요. 그때 저는 이게 말로만 듣던 촌지구나 싶어서 "할머니, 이러시면 안 되는데……"라고 했습니다. 그러니까 할머니가 다시 봉투를 내밀면서 선생님께 참 고맙다고, 이게 내 이름이라고 말씀하시는 거예요. 저는 할머니 속도 모르고 계속 이러시면 곤란하다고만 했습니다. 그랬더니 '하느님께 십일조를 내는데 자기 손으로 직접 자기 이름을 써서 내는 것은 처음'이라며 도로 가져가시더라고요. 알고 보니 저에게 주려던 돈이 아니라 십일조를 내기 위해 이름을 쓰셨던 것을 저에게 보여준 것이었습니다. 촌지라는 생각은 제 허무맹랑한 착각이었던 겁니다.

할머니는 상계역에서 마을버스를 타고 다니셨는데, 글자를 배우시기 전까지는 버스를 탈 때마다 이 버스가 당고개 가는 버스가 맞는지 사람들에게 매번 물어보셨어야 했습니다. 그런데 글자를 배우신 후로는 물어볼 필요가 없게 되셨지요. 할머니는 한글을 배워서 자기 이름 석 자를 쓸 수 있게 되고, 당고개라는 글자를 스스로 읽게 된 것을 '세상을 새로 얻었다'고 표현하셨습니다. 일흔이 넘은 나이에도 그런 큰 기쁨을 느낄 수 있구나 싶었어요. 이렇게 보면 행복, 기쁨은 정말 멀리 있는 것은 아닌가 봅니다. 그리고 할머니는 그렇게 미련 없이 자신을 던져서, 마침내 행복을 누리실 수 있게 된 것이고요.

30대의 젊은 어머님도 기억에 남아 있습니다. 여기에서는 A어머니라고 부르겠습니다. 나이 많으신 분들이 6·25 같은 시대적인 상황 때문에 고통을 받아왔다면, 당시 30대 어머니들은 가정사같이 개인적인 상황 때문에 어려움을 겪었습니다. 그중 대표적인 것이 여공, 즉 '공순이'로서 오빠들을 뒷바라지하는 일이었습니다. A어머니도 늘 공장에 나가서 오빠 뒷바라지하느라 못 배우고, 위축된 삶을 살았어요. 그러다 자기하고 처지가 비슷한 남자를 만나서 결혼을 했는데, 순탄하지 않은 결혼 생활에 가정 폭력까지 당했습니다. 남편에게 맞고 난 뒤면 늘 길에 나와 우두커니 서 있던 그녀의 모습이 선연합니다. 그때만 해도 가정 폭력 피해자들을 위한 쉼터가 없었기에, A어머니와 상계동 거리를 헤매다가 결국 그분을 남편이 있는 집으로 돌려보낼 수밖에 없었습니다. 그러고 나면 분통해서 잠을 제대로 못 잤던 기억이 납니다. '왜 A어머니는 고통에서 벗어날 수 없는 것일까. 내가 어떻게 도울 수 있을까' 하는 생각에 밤을 새우곤 했습니다.

　A어머니가 계속 고통을 받았던 데는 많은 이유가 있었겠지만 결혼 생활을 포기할 생각을 하지 못했던 것이 컸던 것 같습니다. 지금이야 이혼하는 사람들도 많고, 인식도 많이 바뀌었지만 그때만 해도 이혼이란 것은 생각조차 어려운 일이었어요. 자신을 위해 과감하게 행동할 용기가 생겨날 환경이 아니었던 겁니다. 여공으로 일하며 오빠들을 위해 살고, 결혼한 뒤에는 남편에게 희생당하며 살았던 A어머니로서는 버티는 것 외의 다른 선택지는 주어지지 않았지요. 지금은 소식이 끊기게 되어 어떻게 살아가시는지 알 수 없지만, 항상 평안하게 지내길 바라는 마음 뿐입니다.

어머니학교에서 보았던 두 명의 어머니, 나이도 환경도 달랐지만 고통을 겪는 것은 모두 같았습니다. 그리고 두 분이 여성이라는 이유만으로 겪어야 했던 불평등의 고리는 아직도 끊어지지 않았고요. 저는 여전히 삶의 한가운데에서 여성이라는 이유로 고통을 겪고 있는 많은 여성을 만나고 있습니다.

여기서 제가 느낀 것이 있다면, 한 번쯤은 미련 없이 자기를 던져보라는 겁니다. 온 힘을 다해 목소리를 내고, 행동하고, 할 수 있는 일, 하고 싶은 일이 있다면 도전하고 살아보는 것도 필요합니다. 분명히 그 행동이 삶에 긍정적인 영향을 미치는 거름이 되니까요. 식물에 거름을 주지 않으면 잎이 메마르면서 잘 자라지 못하잖아요. 사람도 똑같습니다. 삶의 뿌리를 뻗어나가기 위해 과감하게 행동해보세요. 그것이 새로운 배움이 되었든 혼자 살기든 말이에요. 자신이 가는 방향에 대한 확신이 있다면 괜찮습니다. 누군가는 걸어가는 여러분의 뒷모습을 지켜볼 것이고, 여러분이 내는 목소리를 듣고 있을 겁니다. 저 역시 응원하고 있겠습니다.

말로 할 수 없을 때는
안아주면 되는 거예요

대단한 계기는 아니었지만, 어느 날 저는 제 일의 핵심이자 저를 이루는 '말'에 대해 생각을 해봤습니다. 오랫동안 고민한 끝에, 말에서 가장 중요한 것은 바로 '말로 할 수 없는 것'이라는 나름의 결론을 내렸습니다. 말의 역설이라고도 할 수 있을 듯한데, 슬쩍 들으면 무슨 소리인가 싶지요?

사람들은 종종 묻습니다. '어디 사세요?' '어느 학교 나왔어요?' '어느 직장 다니세요?' '어느 아파트에 사세요?' '고향은 어디세요?' 저 역시 그런 질문들을 계속 받으면서 살아왔습니다. 수많은 질문이 저에게 쏟아지는데, 정작 답을 하려니 말이 안 나오는 거예요. 왜 그런가 했는데, 제가 스스로 설명하기 어려운 삶을 살았기 때문이라는 생각이 들었습니다.

당시 저는 누구나 가던 길을 벗어나 나만의 길을 걸어갔습니다. 제가 한창 대학을 다니던 때만 해도 여성의 대학교 진학률이 30퍼센트 정도밖에 되지 않았기 때문에 대학을 졸업하면 조금만 노력해도 취직을 할 수 있었던 시대였지요. 그런데도 저는 굳이 취직하지 않고 지역 운동, 사회 운동을 시작했습니다.

새로운 길을 개척하면서 마주치는 모든 것들이 당시의 개념으로는 설명하기 어려웠습니다. 이제는 그때 제가 했던 활동들이 사회적으로 평가되면서 의미가 발견되었지만, 현장의 한가운데에 있었을 때는 제가 하는 일이 좋은 일이라고는 생각 못했지요.

제가 그 일을 계속할 수 있었던 것은 세상을 더 나은 곳으로 바꾸고 싶다는 의지 하나 때문이었습니다. 하지만 그때도 '세상의 빛이 되는 사람이 되는 거야'라는 거창한 생각을 하지는 않았습니다. 오로지 지금 이 순간 만나는 사람에 집중하고, 그 사람의 생각, 감정 그리고 그가 느끼는 부당함, 불편함에 귀 기울였을 뿐이었지요. 이유를 설명할 수는 없었지만 그것이 제가 할 일이라고 생각했고요. 그 생각들이 지금까지 저를 버티게 한 힘이 되었습니다.

제가 설명하기 힘든 삶을 살았다고 목에 힘을 주는 것은 아닙니다. 요즘 젊은 사람들도 자신을 설명할 수 없는 시대를 사는 것은 매한가지이니까요. 기성세대들은 여전히 끊임없이 묻습니다. '어디 사니?' '뭐 하고 살아?' '결혼은 했어?' '애는 있나?' 무슨 사연을 품고 있는지 모르는 사람에게 신상을 캐묻는 질문 자체가 무례한 것일 수 있는데도요. 상대방에 대한 진정한 관심도 없이 그저 대답만을 듣고 싶어 합니다.

어느 날 제가 살아온 삶을 죽 되돌아보고, 사회의 모습을 가만히 관찰하면서 한 가지 의문이 들었습니다.

'왜 이걸 설명해야 하는데?'

모든 것을 일일이 설명하지 않아도 괜찮다는 생각이 들게 된 겁니다. 우리는 굳이 캐묻는 질문에 대해 답할 필요가 없는 거였어요. 근 삼십 년이 다 되도록 일을 하면서 무수한 사람들을 만나보니 우리 주변에는 설명하려 해도 설명할 수 없는, 설명되지 않는 사람들이 너무 많습니다. 모두가 귀 기울여야 할 일들이지만 설명하기 어렵고, 설명해도 들어주지 않아서 외면받는 사람들의 목소리도 있습니다. 하지만 그렇다고 해서 그분들의 생각과 경험이 없던 것이 되지는 않습니다. 그분들이 겪은 설명 못할 일들이 우리에게도 언제든지 닥칠 수 있고요.

저는 지금까지도 그분들의 어려움을 최대한 알리고 응원하기 위해서 열심히 마이크를 잡지만, 사실 마음 한구석으로는 여전히 같은 생각을 하고 있습니다. 우리 사회가 이런 설명할 수 없는 일들을 있는 그대로 온전히 받아들여주었으면 좋겠다고요. 설명을 듣고 싶다는 것은 머리로 이해하고 싶다는 의미지요. 그러기보다 미처 설명하지 못한 모든 것을 가슴으로 안아주었으면 좋겠습니다. 백 마디 말보다 한 번의 따뜻한 포옹이 더 큰 위로가 되듯이요.

문득 삶의 길목에서 만났던 사람들의 얼굴이 떠오릅니다. 긴말보다는 안부를 묻고, 손을 잡아주고 싶습니다. 여러분은 누구의 얼굴이 떠오르나요?

2장

선한 말이
세상을
바꿉니다

목소리의 힘으로 꽃은 피어납니다

저는 사회를 볼 때 어려운 말을 쓰지 않습니다. 가뜩이나 분노에 차서 거리에 나온 사람들에게 어려운 용어나 정치적인 구호를 외치면, 가벼워지기는커녕 더 화가 날 뿐이니까요. 공감이 어려워진다는 것도 이유 중 하나입니다. 화려한 수식어로 꾸미고 현란한 말솜씨로 포장한 말은 진정성이 부족해보여서 듣는 사람이 벽을 세우게 합니다. 공감이 형성되지 않으면 진정한 소통이 이루어지지 않고요. 그래서 중학생도 알아들을 수 있는 말로 이야기를 풀어가야 합니다. 드라마 작가들도 대사를 쓸 때 같은 방법을 쓰지요. 내용을 이해하기 쉽도록 해주는 듣기 편한 말이 분위기를 푸는 데 있어 중요하기 때문입니다.

2004년 3월, 자그마치 십만 명의 사람들이 시청 앞에 모였습니다. 고 노무현 대통령 탄핵 반대 촛불 집회에 모인 사람들의 숫자입니다. 저는 그 집회에서 배우 권해효 씨와 함께 사회를 봤어요.

집회는 하나의 축제로 변화되어 갔습니다. 그렇게 만들고 싶었습니다. 사회에 대한 분노를 느끼고 광장에 모인 사람들의 눈과 귀는 한 치의 거짓과 위선도 용납하지 않겠다는 듯이 날카롭게 열려 있었지요. 그곳에 모인 모든 사람이 내 입만 바라보고 있는 것 같았습니다.

수많은 대중 앞에서는 누구라도 떨립니다. 상계동 어머니학교에서 십 년 동안 공부를 가르치며 몸으로 터득한 '무겁고 심각할수록 가벼워져라' 방법으로 대응했습니다. 가라앉은 분위기를 유쾌하게 바꿨지요. 불안과 분노로 잔뜩 긴장하고 있던 사람들의 마음이 조금씩 풀리고 웃음소리가 터져 나오기 시작했습니다. 그때부터 축제가 시작된 겁니다. 집회 현장에 물대포 차, 최루탄 차가 오는 것이 아니라 포장마차가 서고 국수와 어묵을 파는 리어카가 들어오기 시작한 거예요.

　그렇게 집회를 열심히 진행하고 있는데, 문득 저마다의 손에 하나씩 들린 촛불들이 일렁이는 것이 너무 아름답게 보였습니다. 간절한 마음들이 모여 피워낸 '마음꽃' 같았습니다. 언젠가 또 촛불 집회에 가서 진행을 맡게 되면 그렇게 피운 촛불을 '피어나는 한 송이의 꽃'이라고 부르고 싶습니다.

　우리 사회에는 인간이 만들어놓은 수많은 벽에 가로막혀 소외된 삶을 살아가는 사람들이 많습니다. 그들의 말은 거대한 편견의 벽에 부딪혀 들리지 않게 되어버렸습니다. 그런 사람들이 용기를 내어 광장으로 하나둘 나오는 모습이, 차디찬 비바람을 맞던 들판의 이름 모를 꽃들이 피어나는 모습을 닮았다고 생각해요. 저마다 피는 속도는 다르지만 결국에는 만개하고 마는 들판의 야생화들같이요.

　촛불처럼 발갛게 피어나 흔들리는, 움트는 목소리마저 아름다운 '사람꽃'들은 제 목소리에 파도처럼 물결쳤습니다. 차가운 돌바닥에 앉아 피어나는 꽃들이 존경스러웠습니다. 수만 송이의 사람들이 함께할 수 있어서 기뻤고, 함께여서 부둥켜안고 울 수 있었어요. 일렁이는 촛불 하나하나는 나약하지만 모이면 누구도 끌 수 없는 강렬한 불꽃이 됩니다. 세상을 바꾸는 힘이 되지요.

목소리의 힘으로 꽃은 피어납니다. 어떤 절실함이나 간절함, 혹은 혼자서는 도무지 일어설 수 없는 치명적인 아픔을 겪고 있는 사람에게 따뜻한 말을 건네준다면 그 사람은 분명 피어납니다. 여러분이 건넨 손길과 따뜻한 목소리가 어떤 사람에게는 따뜻한 햇살, 시원한 단비와도 같을 겁니다. 저는 그동안 일을 해오며 만났던 사람들에게 했던 제 말이 그들 삶에 드리운 그늘을 걷어내는 햇살이자 갈증을 해소하는 단비였기를 바랐어요.

사람들은 저를 이렇게 부릅니다. 소수자의 마이크, 거리의 사회자, 국민 사회자. 제가 오랫동안 사회자로서 무대에 설 수 있었던 이유는 상처받아 아프고 억울하게 살아가는 사람들에게 '따뜻한 목소리'가 힘이 된다는 것을 알기 때문입니다. 혼자서는 꽃피우기 버거워 몸과 마음을 꾹 닫고 있던 봉오리가 목소리를 듣고 꽃을 피운다는 것을 알기 때문입니다. 그렇기에 사람이 피워낸 꽃이 마침내 사랑의 꽃이 되는 세상을, 제 목소리에 또 다른 목소리가 실려 피어나지 못할 것 같았던 꽃들이 피어나는 세상을 만드는 데 힘을 보태고 싶습니다. 누군가에게 제 목소리가 위로가 되는 그날까지요.

부드럽지만 강한 힘, '함께'

    광장의 촛불 집회에서 자주 사회를 봐오면서 흐뭇하고 자랑스러웠던 기억을 하나 꼽자면 우리나라 촛불 집회가 전 세계에 널리 알려진 것이었습니다. 수십만 명, 수백만 명이 광장에 몇 시간씩 모여 있었음에도 집회가 끝나면 거리는 아무 일이 없었던 듯 깔끔하게 돌아왔습니다. 격한 구호들을 외치는 도중에도 싸움 한 번 일어나지 않았다는 것 역시 성숙한 한국의 시위 문화를 보여주는 사례였고요. 무엇보다 수십만 명의 국민이 한뜻, 한마음으로 모여 거리를 환하게 밝히고 있는 장면은 감동 그 자체였습니다. 특히 2016년 촛불 집회의 경우에는 각종 외신에 보도되면서 칭찬을 받는 것은 물론이고, 노벨평화상은 대한민국의 촛불 집회가 받아야 한다는 말이 나올 만큼 대단했습니다.

무대를 마치고 내려온 뒤에 가장 많이 들었던 말은 '잊고 있었던 시간을 되돌려주었다'라는 것이었습니다. 70년대에 대학교를 다니며 유신 시대를 살아온 그분들은 민주화의 열망이 들끓어 반反유신 운동을 주도했지만, 밥벌이에 쫓기면서 점차 사회 문제에 관심을 잃어갔습니다. 그렇게 무엇이 옳고 그른지 관심도 없고, 정의를 바로 세우기 위해 무엇을 해야 하는지를 잊고 살다가 촛불 집회에 나오게 되면서 잊고 있었던 시간을 다시 기억하게 되었다고 해요. 그동안 저는 '내가 무대에서 하는 말이 사람들에게 구체적으로 어떤 힘이 될까?'라는 생각을 많이 했습니다. 그래서 '잊고 있던 시간을 되돌려줘서 고맙다'는 그분들의 말은 더 나은 사회를 만들어주는 소중한 말이기도 했지만, 저에게도 큰 의미가 되었지요.

2008년 광우병 문제와 관련해 촛불 집회가 열렸을 때였습니다. 2004년 노무현 탄핵 반대 촛불 집회 이후 사년 만에 정말 큰 무대에서 사회를 보게 되었는데, 그때 촛불 집회가 확 달라졌다는 느낌을 받았어요. 2004년에는 민주주의라는 가치를 지켜내기 위해 싸우고 견뎌 온 사람들이 광장을 가득 메웠다면, 2008년에는 그야말로 '시민들'이 거리로 쏟아져 나왔다는 느낌이었습니다. '유모차 부대'라고 해서 아기를 태운 유모차를 끌고 나온 젊은 부부들이 많았지요. 10대들이 집회에 활발하게 참여하면서 '촛불 소녀'라는 캐릭터도 나왔고요. 시위가 문화를 만들어내고 혁신의 분위기가 불길처럼 번지던 시기였던 겁니다. 당시 해외 연수를 다녀오느라 촛불 집회 후반부에 참여해서 사회를 봤는데, 굉장히 자유로워진 모습에 깜짝 놀랐습니다. 예전에는 옛 시절의 음악과 노래가 흘러나오기만 했다면, 그때는 길거리에서 젊은이들이 자유롭게 버스킹도 하고 있었고 군데군데 모여 앉아 토론을 펼치기도 했어요.

하지만 예전의 문화가 아예 사라지거나 한 것은 아니었습니다. 어느 날 '노찾사'라는 노래패가 출연했는데, 10대들과 시민들이 민중가요를 잘 알지 못할까 봐 염려하고 있었어요. 주최 측에서 귀띔해줬거든요. 노찾사는 걱정스러운 표정으로 무대로 올라가 〈광야에서〉라는 노래를 부르기 시작했습니다. 그런데 노래가 시작되자 어린아이들과 평범한 시민들의 머리 위로 따라 부르는 목소리가 울려 퍼지기 시작했어요. 그들이 부르는 노래가 작게 타오르던 군중들의 마음속 불씨를 성냥불처럼 확 지핀 듯이요.

광장에서 삼십 년 가까이 사회를 본 덕에 누구보다도 그분들의 목소리에 담긴 열정을 가장 빨리 느낄 수 있었습니다. 수많은 사람으로부터 흘러나온 하나의 목소리가 온몸으로 쫙 스며드는 기분이 들었습니다. 시간과 시간이 만나고 역사와 역사가 맞물리는 순간이었어요. 사회 구조를 바꿀 수 있을 것만 같은 새로운 힘이 꿈틀거리는 느낌도 들었습니다. 그때 깨달았습니다. 우리가 부르는 노랫말과 민주주의적 열정만큼은 그때와 다를 바 없지만, 시간의 흐름 속에서 우리 사회의 시민 의식이 놀랍도록 성장하고 있다는 것을요.

그 이후 보수 정권이 들어서면서 표현의 자유가 많이 억압되었습니다. 하나의 암흑기였지요. 그래서 저는 더더욱 얌전히 앉아서 촛불만 들고 있는 방식의 집회가 아니라 토론도 하고, 노래를 부르면서 공연도 하고, 그림도 그리면서 더 다양한 형태의 집회로 변화하는 것이 필요하다고 생각했습니다. 무거운 주제를 무겁게만 전달하면 잘 전달되지 않을뿐더러, 사람들이 관심을 갖지도 않으니까요. 표현은 언어로도 가능하지만, 다양한 몸짓처럼 다른 행위로도 드러낼 수 있어야 하거든요. 자신을 있는 그대로 표현하는 힘, 그 힘이 민주주의 발전의 밑거름이니까요.

십 년 동안 지나온 어두운 터널의 막바지에 다다랐을 때 다시 극적인 촛불 집회가 열렸습니다. 그 집회에 참여해 보니 그제야 시민들의 힘이라는 것이 무엇인지 온전히 느낄 수 있었어요. 자유로운 표현과 유쾌한 힘이 참 대단했습니다. 재미있는 깃발들이 곳곳에 있었습니다. 혼자서도 집회에 참석한 용기를 드러내기 위해 정당 이름처럼 표현한 '나 혼자 왔당'이나 '전국 무성욕자 연합회' 같은 깃발들이 보란 듯이 바람에 펄럭이고 있었던 겁니다. 시민들이 부르는 노래도 마찬가지였어요. 단조롭기만 했던 민중가요가 힙합이나 포크송, 하드락 같은 다양한 대중음악으로 바뀌어 있더라고요. 개인주의로 빠진 사회 분위기를 보면서 더이상 사회적인 연대는 기대하기 어렵다고 생각했는데, 시민들이 내면에 쌓아왔던 놀라운 에너지를 다 함께 폭발적으로 발휘하고 있었지요. 그 연대가 참 반가웠습니다.

집회를 지켜보면서 느낀 한 가지 재미있는 사실은 예

전이나 지금이나 포장마차가 펼쳐지는 곳이 그날 집회하는 장소라는 것입니다. 80년대에는 집회에 대한 단속이 심했기 때문에 집회가 열리는 장소는 철저히 비밀에 부쳐졌거든요. 그래서 은밀하게 쪽지를 주고받으면서 연락을 했지요. 예를 들어 오늘은 초록색 옷을 입고 하얀 장갑을 낀 사람이 '동을 뜬다'고 전달하면, 그 사람이 오늘 집회를 이끌어가는 사람, 스타트 라인에 서는 사람이 되는 겁니다. 그러면 시위에 참여하는 사람들은 여기저기 어슬렁대다가 '동을 뜨는 사람'을 기준으로 모입니다. 심지어는 경찰도 눈치채지 못하는 기습 시위인 것이지요.

그런데 포장마차 하시는 분들은 매번 어떻게 아는지 기가 막히게 냄새를 맡고 시위 현장에 포장마차를 펼치시더군요. 신기하기도 했지만 시위 중에도 허기를 달랠 수 있어서 좋기도 했던 기억이 있습니다. 이 문화가 지금도 여전해서, 시위 현장에 포장마차를 펼쳐놓고 음식을 파는 분들이 아주 많은 겁니다. 이외에도 지하철 출구에서 나오면 사탕, 음료 같은 먹을 것이나 핫 팩 같이 필요한 용품을 무료로 나눠주시는 분들이 많습니다. 그분들을 보며 서로 돕는 연대감이 곧 시민의 힘이고, 그 저력이 이렇게 거대한 촛불 집회를 이끌어가고 있다는 생각을 했습니다.

　　우리 사회가 개인주의를 받아들이기 시작하면서 한편으로 사회적으로 연대감을 잃었다는 생각을 지우지 못했었습니다. 그런데 항상 진행하는 무대에서, 사랑해 마지않는 제 일터에서 연대감을 발견할 수 있게 된 것이 너무 기쁘고 행복했습니다. 제가 오랜 시간 무대를 이끌어나가며 지치지 않을 수 있었던 것도 이 연대감이 주는 힘 때문이었습니다. 저 혼자 이 문제에 대해서 고민하는 것이 아니니까요. 현장에 모인 수많은 사람이 함께 해결하고자 하니까요.

　　무대 위에서 촛불을 들고 계시는 시민분들의 얼굴을 보면 문제의 해결을 촉구하는 열정이 담대하면서도 강렬한 표정으로 드러납니다. 그 모습이야말로 한없이 부드러우면서도 강한 힘이지요. 어려울 때 함께 나누려는 마음, 힘든 사람들과 함께하겠다는 마음, 사회적인 연대감을 키워온 시간의 무게가 헛되지 않았음을 느낄 수 있는 모습입니다.

　　70년대 민주화 운동 이후 잃어버렸던 시간을 되찾기 위해 거리로 뛰쳐나온 이들과 태어날 때부터 민주주의를 향유한 10대, 20대 청년들의 진취적이고 발랄한 시위 모습이야말로 우리 사회의 새로운 미래를 표상하는 것이 아닌가 싶어요. 지금까지도 사회에는 너무나 많은 문제가 남아 있지만, 세대가 어우러져 함께하는 모습에서 하나의 해결책을 찾았습니다. '함께'라는 부드럽지만 강한 힘으로, 우리는 이겨나갈 수 있을 것입니다.

말하기는 진심이 요령입니다

"어떻게 하면 선생님처럼 말을 잘할 수 있나요?"

사회를 보고 강연을 나가다 보면 종종 듣는 질문입니다. 그럼 저는 항상 이렇게 대답합니다.

"제가 잘하는 게 아니라, 그분들의 진심이 간절한 거지요."

저는 항상 사회적으로 외면받는 분들을 대신해서 무대에 올랐고, 제가 들은 그분들의 목소리를 진심을 다해 전달했을 뿐이었습니다. 간절한 만큼, 진심을 담은 만큼 목소리에 강한 힘이 생겼고 많은 사람들로부터 '사회를 잘 본다'는 말을 들을 수 있었습니다. 물론 그 힘은 성량을 조절한다고, 화술이 뛰어나기만 하다고 나오는 것은 아닙니다. 어떤 사람의 말을 들으며 짜릿함을 느낄 때가 있지 않나요? 가슴속에서부터 파도가 퍼지듯 잔잔히 일어나는 전율은, 공감과 감동이 불러일으키는 것입니다. 이 또한 말에 진심을 담아야만 가능한 일입니다.

하지만 이런 설명은 물어오는 분들이, 그리고 이 책을 읽는 여러분이 바라는 대답은 아닐 것입니다. 물론 이 생각에는 변함이 없고, 가장 중요한 원칙이라고 생각합니다만 화법 역시 말하기에 있어서 필요한 것이지요. 사소한 변화가 말의 분위기를 바꾸고, 같은 내용도 다르게 전하는 열쇠가 되니까요.

'화법'에 있어 정확한 발음과 좋은 목소리는 큰 비중을 차지하지만, 무엇보다 자연스러운 것이 가장 좋습니다. 소통이 어려울 정도의 사투리와 상황에 맞지 않는 목소리 등은 연습을 통해 개선하는 편이 좋지만, 그 외에는 자신의 개성으로 살리는 것이 오히려 상대방에게 잊히지 않는 존재감을 남길 수 있습니다. 연예인 중에도 특이한 목소리와 사투리 등으로 사랑받는 사람들이 많듯이, 강한 개성은 확실한 존재감을 주며 다른 사람의 호감을 사기도 쉽습니다.

'쉽고 간단하게 말하라'고도 말씀드리고 싶습니다. 듣는 이에게 쉽고 빠르게 진심을 잘 전할 수 있기 위함이지요. 이것은 특히 다양한 계층의 사람들이 모이는 연설 등을 할 때 중요한 말하기 방법입니다. 생소하고 어려운 말을 남발하거나 말이 길어져 논점이 흐려지면 듣는 사람은 이해가 되지 않고 '그래서 뭘 말하고 싶은 건데?'라는 반발심만 생기게 됩니다. 따라서 어려운 전문 용어, 고사성어 등을 사용하면서 말하는 것은 가급적 자제하면 좋습니다.

한 가지 예로 "금일 폭염주의보가 예상됩니다"와 "오늘 엄청 무덥대요" 중 어떤 말을 더 자주 사용하는지, 어느 말이 더 쉽게 와닿는지 생각해보세요. 앞의 문장은 뉴스의 일기 예보에서 기상 캐스터가 말할 법한 것이지만 뒤의 것은 일상에서 늘 하는 말이지요. 어려운 말은 이해하는 데 시간이 걸리고, 단번에 와닿지도 않습니다. 그러니 일상적으로 쓰는 말들을 사용해보세요.

또 연설을 준비할 때는 대본을 미리 짜놓고 가기 때문에 '입말'이 아닌 '글말'을 사용하는 실수가 많습니다. 문어체로 말하면 말하는 사람은 이해해도 듣는 사람은 그 속도를 따라가기가 여간 어려운 것이 아닙니다. 추상적, 관념적 표현을 지양하고 한 문장이 너무 길어지지 않도록 해야 합니다. 중학생도 알아들을 수 있을 정도의 '쉬운 말하기'를 지향해야 하는 것이지요.

이외에도 사소한 말하기 팁들이 있습니다. 말끝을 흐리지 않는다, 대명사를 남용하지 말고 정확한 명사를 사용한다, '있잖아요' '저기' '뭐더라?'와 같은 불필요한 말을 삼킨다, 오해가 없도록 구체적으로 말한다 같은 것들이지요. 하지만 이 모든 법칙은 '진심' 앞에서 무용해지기도 합니다. 진심을 다해 말하는 사람이 조금 버벅대고 말을 흐린다고 해서 그 마음이 전해지지 않는 것은 아니니까요. 오히려 밀려오는 감동이 배가 되는 경우도 많습니다. 반대로 진심이 빠진 말을 완벽한 화법으로 구사한다고 해서 그 말이 사람의 마음을 움직이는 것도 아니고요. 잊지 마세요. 언제나 진심보다 뛰어난 요령은 없습니다.

시 의원에 도전한 환경미화원

  사회자로서 오랫동안 활동하다 보니 자연스럽게 말
에 관련된 강연을 함께 하게 되었습니다. 그러다 보니 주변
에서 개인적인 요청도 많이 들어왔습니다. 한번은 시 의원
에 출마하게 된 다섯 명의 환경미화원에게 연설을 가르치
게 된 적이 있었습니다. 길거리를 깨끗이 청소하듯 정치권
에 쌓여 있는 오랜 악습과 부정부패를 청소하겠다는 마음
으로 나섰던 겁니다. 당시 신문에 '눈길 끄는 이색 후보'로
보도되기도 했던 분들이었지요.

  그분들의 첫인상은 소박하고 무던한 느낌이었습니
다. 어릴 적 동네에서 마주쳤을 법한 수수하고 넉넉한 정을

가진 얼굴들이라고 할까요. 평생 세상을 깨끗하게 만드는 일을 해온 그분들은 약간은 낡은 차림새로 수줍게 저를 바라보셨습니다. 정겨운 이웃 같아서 처음 본 얼굴들이지만 다정한 마음이 샘솟았습니다.

연설을 가르치려 하는데 한 가지 문제가 있었습니다. 나이도 학력도 모두 달랐던 분들이지만, 공통적으로 자신감이 없고 위축되어 있었습니다. 이럴 때는 말하는 법을 아무리 가르쳐봤자 소용이 없어요. 말을 잘하는 법을 알고 있어도, 그것을 실천하게 하는 것은 바로 자신감이니까요. 환경미화원분들의 자신감을 기르기 위해서 저는 세 가지 방법을 사용했습니다.

첫 번째는 그분들을 웃게 만드는 것이었습니다. 편하고 유쾌한 말투로 재미있는 이야기를 들려주면서 얼어 있는 분위기를 풀고 긴장된 몸과 마음을 이완시키는 겁니다. 그 다음은 칭찬과 격려였어요. 그분들이 연설을 마치고 나면 피드백을 드리면서 장점을 구체적으로 칭찬했습니다. 과장하거나 뭉뚱그리는 칭찬은 상대방의 마음을 움직이지 못합니다. 진심을 담아서 세심하게 칭찬했더니 그분들의 자신감이 조금씩 올라갔습니다. 마지막으로 같은 연설을 계속해서 반복하게 했습니다. 반복은 자연스럽게 실력을 향상시키는 데 가장 효과적인 방법입니다. 반복을 통해 숙달되면 말하는 것이 더 이상 두렵지 않게 되고 자신감이 생기지요.

그렇게 며칠을 가르쳐드리며 실력이 눈에 띄게 늘어가는 모습을 보니 저 역시 뿌듯했습니다. 초반에는 눈도 잘 못 마주치며 수줍어하시던 분들이었는데, 어느덧 당당하게 무대에 올라 사람들 앞에서 연설하시는 모습을 보니 감탄이 나왔습니다. 프로처럼 완벽하지는 않았지만 자신감 있는 태도와 목소리가 이미 좌중을 압도하고 있었습니다. 나중에 무대에서 내려와 인사를 할 때도 저를 반갑게 맞으며, 이제 말하기에 자신이 생겼다고 말해주시는데 가슴이 찡하고 벅찼습니다.

그분들은 시 의원에 출마하는 분들이었지만 평소 일하면서 말할 기회가 거의 전무했지요. 특히 많은 사람 앞에서 말할 기회는 더더욱 없었습니다. 그런데도 세상을 더 나은 곳으로 만들겠다는 생각 하나로 시 의원에 출마하려 하는 그 용기와, 연설이 부족하다면 연설을 배워서라도 세상을 바꾸는 데 일조하겠다는 의지를 존경하고 배워야겠다는 생각이 들었습니다. 작고 연약한 목소리를 크게 외치는 사람은 저뿐만이 아니었던 겁니다. 혼자 하는 싸움이 아니라서 외롭지 않았고, 함께 해나간다는 생각에 힘이 났습니다.

이분들을 보며 또 하나 깨달은 점은 목소리를 키우는 마이크는 우리 모두가 가지고 있다는 사실이었습니다. 낮은 목소리를 대변하는 것도 중요하지만, 결국 우리는 우리 스스로 사회적인 문제에, 당연시되는 불편함에 대한 목소리를 내야 합니다. 물론 우리 주변에는 목소리를 낼 힘조차 없는 분들이 계십니다. 목소리를 낼 용기를 갖는 것 자체가 어렵기도 하고요. 하지만 저는 환경미화원분들을 가르치면서 보았습니다. 누구나 가지고 있는 어마어마한 잠재력을요. 그 잠재력은 자신을 표현하고 내세우면서부터 뿜어나오기 시작했습니다.

시 의원 선거에 도전했던 환경미화원분들은 눈을 바로 뜨고 마침내 대중 앞에서 자기 소신을 밝히게 됐습니다. 비록 선거에서 떨어졌지만 그들은 자신 있게 말하는 사람, 아니, 자기 삶에 자신감을 가진 사람으로 거듭나 있었지요.

사람은 말을 만들고, 말은 사람을 만듭니다. 또 말은 운명을 만들고 운명을 바꾸기도 하며, 마침내 희망을 만듭니다. 사람이 가진 '말의 잠재력'을 환경미화원분들께 배웠습니다.

　　종종 새소리에 아침잠을 깰 때가 있습니다. 그럴 때면 문득 이런 생각이 듭니다. 저 작은 새들도 자유롭게 자신들을 표현하며 살고 있구나. 오늘부터 나는 무엇을 좋아하는 사람인지, 무엇이 불편했는지 새들처럼 또렷하게 표현해보시길 바랍니다. 거울을 보며 혼자서 말해도 좋으니, 꼭 큰 목소리로 당당하게 말해보세요. 이것 역시 반복하며 연습해야 합니다. 마침내 자신에 대한 표현이 자연스러워질 때, 여러분이 원하는 방향으로 삶이 풀릴 것입니다.

작아서 더 소중한 마음

광장에 서면 여러 사람의 이런저런 연설을 듣게 됩니다. 그런데 어떤 분들의 연설은 끝까지 듣기 힘들 때가 있어요. 특히 가르치려 드는 연설은 분위기를 착 가라앉히고 기운을 쏙 빼놓지요. 하는 사람은 물론 그 자리에 서 있는 사람들까지 피로감을 느끼곤 합니다. 배우러 간 자리가 아니니까요.

구구절절 늘어놓는 긴 연설보다 더 효과적인 것이 한 편의 시詩라고 생각합니다. 노래와 마찬가지로 시가 주는 감동은 이루 말할 수 없지요. 제가 거쳐온 현장을 떠올리다 보면 항상 함께한 사람들과 나눈 시와 노래가 떠오르곤 합니다. 짧고 간결하지만 절대 가볍지 않은 그 마음을 어떻게 짧은 글로 담아낼 수 있을까 싶어 시인들은 위대한 사람들이라고 생각합니다. 시는 세상의 모든 것에 대해 말하려고 하지 않으면서도 말하고자 하는 것을 강렬하게 전달하는 매력을 가지고 있으니까요.

코로나19로 인해 한창 힘든 요즘, 그래도 세상은 아직 살 만한 것이라고 느끼게 하는 뉴스들을 보다가 짧지만 강렬한 시와 소박하지만 따뜻한 마음은 닮았다는 생각이 들었습니다. 전하고자 하는 진심을 쑥스럽게, 에둘러 표현한다는 점에서요. 삐뚤삐뚤한 글씨로 쓴 손 편지와 함께, 보기만 해도 아끼고 아껴서 모았겠구나 싶은 꼬깃꼬깃한 지폐들과 동전들을 주민 센터에 몰래 두고 가는 방식으로 기부하는 분들 있잖아요. 한없이 소박하지만, 또 한없이 거대한 위로의 힘을 불러일으키는 것이 그런 마음이 아닌가 싶습니다.

누군가가 자꾸만 차에다가 꼬깃꼬깃한 만 원짜리 지폐와 빵을 걸어놓은 일이 뉴스에 나온 적도 있었지요. 이상하게 여긴 차량 소유주가 경찰에 신고해서 찾아봤더니, 아들의 차가 빨간색이라는 것을 기억하는 한 치매 할머니가 이것저것 챙겨서 남의 차에다 네 번이나 걸어둔 겁니다. 아들은 이미 멀리 떠나고 없는데, 그 할머니는 아들의 차가 빨간색이라는 것만 기억하고 있었던 거지요. 이 뉴스를 접하고 할머니의 마음이 저에게로 울컥 쏟아지는 것 같았어요.

우리가 작고 소박한 것에 더 크게 감동하는 이유는 무엇일까요? 사실 저는 20대 때 사랑이라는 감정을 잘 몰랐습니다. 친구들에게 "도대체 사랑이 뭔데?"라고 묻기도 하고 스스로 물어보기도 했지요. '너 자신을 사랑하라' '이웃을 내 몸같이 사랑하라' 같은 말을 들으면 딴 세계의 말을 듣는 것처럼 이해가 되지 않았습니다.

그러다가 나이가 들면서 흔한 말을 자세히 바라보자는 생각이 들었습니다. 사랑, 관심, 배려. 정말 흔하디흔한 말이지요. 그런 단어가 가진 의미를 더 자세히 바라보고 느껴보려 했습니다. 물론 쉽지는 않았습니다. 어떤 때는 '예수는 성인이니까 사랑이 가능한 거지'라고 생각하면서 진정한 사랑의 의미를 깨우치는 일에 백기를 들기도 했고요. 그런데 작고 소박한 사랑 앞에서 내 마음이 무너질 때, 감동으로 인해 울컥울컥 눈물이 넘어올 때 사랑의 의미를 조금씩 알 것 같은 겁니다. 거창하지 않고 소박한 것이 유독 감격스러운 이유는, 자신을 돌보기조차 어려운 상황 속에서도 해내고야 마는 실천에 담긴 자기희생적인 마음에서 사랑의 한 모양을 발견할 수 있기 때문이었어요.

그러고 보면 잘 모르는 사람에게 작지만 소중한 마음을 받은 기억이 있어요. 예전에 연세대학교 노천에서 노동자 대회를 개최한 적이 있습니다. 제법 규모가 큰 문화 행사였는데 거기서 제가 진행을 했었지요. 마침 그 무렵에 인근 대학교에서 노동 관련 학술 대회 형태의 모임이 있어 외국에서 많은 분이 오셨습니다. 하루는 문화 행사에 참여하신 한 교수님이 저를 찾으셨어요. 어떤 외국인이 저를 만나고 싶어 한다는 겁니다. 그래서 만나봤더니 행사에 큰 감명을 받았다는 거예요. 행사는 순도 100퍼센트 한국말로 진행했는데 어떻게 감동을 받았던 것인지 궁금했지요. 그분에게 물어보자 언어를 이해할 수는 없었지만, 마음을 읽을 수 있었기 때문에 감동했다고 대답하셨습니다. 그러면서 조그만 배지를 선물로 주셨는데, 저에게는 필요 없는 물건이었지만 그 물건을 통해 그분이 받았던 감동이 더 크고 선명하게 전달되었습니다. 마음 한구석이 따뜻해지고 행복으로 차올라서 감동은 오히려 제가 받았었지요.

긴말보다 더 강하게 가슴을 울리는 시와 노래처럼, 작아서 더 큰 감동을 불러일으키는 마음이 있습니다. 그것은 분명 작은 마음에 진정성이 꽁꽁 웅크려 있기 때문일 것입니다. 어려운 시기일수록 우리가 할 수 있는, 작은 마음을 나누는 일부터 시작해보는 것은 어떨까요. 마음을 토닥이는 한 편의 시처럼, 한 소절 노래처럼요.

슬픔이 사라질 때까지
슬플 수 있어야 합니다

얼마 전에 호성이 어머니에게서 전화 한 통을 받았습니다. 호성이 어머니는 세월호 유가족 중 한 분인데, 《금요일엔 돌아오렴》 북 콘서트에서 만나 친해진 분입니다. 《금요일엔 돌아오렴》은 여러 작가들이 뜻을 모아 세월호 참사로 우리 곁을 떠나고 만 아이들을 기억하자는 의미로 출간한 책이에요. 혹자는 '웬 책팔이냐'며 공격적으로 떠들어댔지만, 전국 각지에서 이 책을 읽고 공감한 사람들이 모여 희생자들의 명복을 빌어주고 유가족들을 위로해주었어요. 북 콘서트가 하나의 훌륭한 추모 방식이 된 것이지요.

북 콘서트로 전국을 돌면서 몇 번의 사회를 봤는데,

거기서 많은 희생자 어머니들을 만났어요. 특히 호성이 어머니 같은 경우에는 저와 나이도 동갑이었고, 신기하게도 희생된 아이 이름이 제 남편 이름과 같았어요. 그 외에도 여러 가지 공통점이 많아 종종 연락도 하면서 가까운 친구가 된 겁니다.

갑자기 걸려온 호성이 어머니의 전화에 반가운 마음이 앞서서 이야기를 주고받았어요. 그런데 대뜸 "그 집 호성이는 잘 지내?"라고 물어왔습니다. 또 "그 호성이는 키가 몇이나 돼? 안경은 꼈어?" 하고 묻는 겁니다. 호성이 어머니에게 있어 '아들 호성이'는 열여덟 살에 멈추었잖아요. 스물여덟, 서른여덟, '나이 든 호성이'의 모습이 참 궁금했을 거예요. 그래서 그리움이 사무치다 못해 그런 말을 했겠지요. 그 심정을 차마 헤아리지도 못하겠는데, 가슴 한쪽이 뻐근하게 저렸습니다. 무겁고 힘든 마음을 조금이라도 가볍게 만들어주고 싶어서 농담조로 대답했습니다.

"이름이 같아서 차마 욕은 못하겠고, 짜증나지. 하는 짓마다 마음에 안 들어. 호성이 키 커. 잘생겼고 안경도 꼈어. 호성이들은 다 인물 좋고 잘생겼지, 뭐. 그러니까 이제는 우리만 잘살면 돼. 올해는 더 건강하게 지내고, 우리 자주 보자."

울컥거리는 마음을 꾹꾹 누른 채 전화를 끊었지만, 펑펑 울고 싶은 심정이었습니다. 사람에게는 절대로 겪지 말아야 할 불행이 있잖아요. 겪지 말아야 할 끔찍한 고통을 겪은 사람에게 "힘 내", "용기를 가져" 같은 말보다 위로가 되는 것은 손을 잡은 채 같이 울어주는 것이라는 생각이 들었습니다. 짐작조차 되지 않는 거대한 슬픔은 말로 어떻게 할 수 없을 테니까요. 통화 중에 제가 울어버리면 더 큰 짐을 지우는 것 같아서 가볍게 말했지만, 그날의 호성이 어머니의 심정을 다시 생각해보면 함께 울고 싶은 마음에 전화를 건 것이 아니었을까 싶습니다.

세월호 참사는 여러모로 끔찍한 일이었습니다. 많은 사람들이 희생된 것도 슬프지만, 그 커다란 슬픔을 그냥 덮어버렸잖아요. 진실을 알지도 못한 채 쉬쉬하기 바빴고, 억울한 일을 당한 사람들이 오히려 욕을 먹어야 했습니다. 언제나 개인이 나서서 진상 규명을 해야 했고, 그렇게 애를 써도 상황은 좀처럼 해결되지 않은 채 제자리걸음을 걷고 있었습니다. 이유도 모른 채 날벼락처럼 떨어진 가족의 죽음을 딛고 일어서 살아가야만 하는 사람들은 대체 어떤 심정으로 내일을 맞이했을까요. 유가족들의 아픔을 어느 누가 씻어준 적이 있을까요.

그 과정들을 쭉 보면서 가장 크게 깨달았던 것은 '슬픔은 슬픔이 사라질 때까지 슬퍼해야 한다'라는 사실이었습니다. 세월호가 우리 사회에 커다란 아픔을 남긴 이유 중 하나는 사람들이 겪은 아픔을 내면화한 채 각자 홀로 이겨내야 했다는 것입니다. 끔찍한 현장이 그대로 중계되는데, 아무것도 하지 못한 채 손발만 동동 굴러야 하는 어이없는 상황에 기가 막혀서 울 수조차 없을 지경이었으니까요. 참사가 벌어진 후에도 지지부진한 책임 공방으로 이어질 뿐, 누구도 상처를 치료할 생각을 하지 못했고요.

그래서 문화 운동을 하는 한 선배에게 '대성통곡'이라는 프로젝트를 만들어보자고 말했습니다. 광화문 광장에 울고 싶은 사람들이 모여서 마음껏 목 놓아 우는 겁니다. 울고 싶을 때까지, 더 이상 눈물이 나오지 않을 때까지, 흘린 눈물이 다 마를 때까지 온 국민이 함께 울어보자고요. 미처

건져 올리지 못한 슬픔을 묻어두고 사는 사람들이 다 함께 모여 슬픔을 나누자고요. 형용할 수 없는 감정에 문학, 음악, 눈물을 섞어서 한 번쯤 제대로 표현하기라도 해봤으면 좋겠다고 생각했습니다. 아닌 척 숨기고, 감추었던 슬픔이 울분이 되어 우리 사회를 우울증이라는 늪에 빠지게 했으니까요.

아픔과 슬픔은 함께 나눌 수 있어야 합니다. 혼자 돌보기에는 너무 버겁고 아픈 그 고통이 지금도 여전히 이어지고 있으니까요. 슬픔을 혼자서 해결하는 손쉬운 방법은 그것을 외면하거나 덮어버리는 것입니다. 그래서 사람들은 종종 이 방법을 선택하지요. 하지만 슬픔은 표현하는 쪽이 자연스러운 겁니다. 함께 모여 눈물을 흘릴 때 진정으로 해소되는 겁니다. 슬픔을 부정하고, 드러내는 것을 죄악시한다면 우리는 평생 죄를 짓고 숨기는 사람처럼 불편하겠지요. 슬픔을 느끼지 않는 사람은 없으니까요. 그러니 우리는 슬픔이 자연스레 떠나갈 때까지 그것을 있는 그대로 받아들이며, 온전히 느껴야 합니다. 늦가을까지 매달려 있던 열매가 결국 땅바닥에 떨어지고 새로운 나무로 자라나듯이, 자연스럽게 슬픔이 하고 싶은 대로 하게 내버려 두세요.

그때 우리 사회는 비로소 눈물처럼 떨어진 슬픔이라는 열매에서 사회적 연대감과 가치라는 나무를 기를 수 있을 겁니다.

세상과 맞서는 어머니들

세월호 참사 이후에 저는 몸이 아프더라도 견딜 만하면 집회 장소로 달려나갔습니다. 이 문제와 관련해서 제가 할 수 있는 일이 있다면 무엇이든 해야 했거든요. 도저히 이해할 수 없는 사건이고, 참사가 남긴 슬픔은 어떻게 하든 쉽게 덜어지지 않는 것이니만큼 이런 끔찍한 일을 두 번 다시는 반복해서는 안 된다는 생각이었습니다.

앞서 이야기한 호성이 어머니 말고도 《금요일엔 돌아오렴》 북 콘서트에서 만난 또 다른 인연이 있는데, 바로 예은이 어머니입니다. 예은이 어머니가 했던 말이 아직도 기억납니다. 세월호 유가족들과 함께 대기실에서 진행 준비를 하고 있었는데, 갑자기 예은이 어머니가 펑펑 우시는 겁니다. 그렇지 않아도 무겁고 침통한 표정으로 행사를 준비하던 차에 무슨 일인가 싶어 다들 깜짝 놀랐어요.

"이제 벚꽃 피면 어떻게 살아요."

불현듯 아이 생각이 떠오르고 말았는지 예은이 어머니는 눈물을 멈추지 못한 채 한동안 오열했습니다. 벚꽃이 피면 누군가는 그 꽃을 반가워하며 나들이를 갈 텐데, 그 어머니들은 벚꽃이 필 무렵 아이들 생각이 나서 눈물지을 것 아니에요. 아름다운 벚꽃이 누군가에게 형벌이 될 수도 있겠구나 하는 생각이 들자 가슴이 미어졌습니다. 진행 도중에도 슬픔이 목구멍으로 울컥울컥 넘어와 애써 눈물을 참아야 했습니다.

평범했던 엄마들이 누구보다 강해지는 순간이 바로 자식을 위해 행동할 때입니다. 세월호 희생자 어머니들은 지금도 진상 규명을 위해 투쟁하고 계세요. 영석이 어머니, 호성이 어머니는 삭발도 불사하셨고요. 평범하고 소탈한 사람들이었지만 억척스러운 세상으로 나와 두려움을 견디면서도 자식을 놓지 않겠다는 마음 하나로 세상과 당당히 맞서고 있지요. 이 어머니들은 누구도 짐작할 수 없는 두려움과 슬픔을 견뎌내고 한 발 한 발 나아가고 있습니다.

세상과 맞서는 또 다른 어머니들의 얼굴이 떠오릅니다. 근로 기준법 준수를 외치며 불꽃이 되었던 청년 노동자 전태일은 자신의 어머니에게 "내가 못다 이룬 일을 대신 이뤄주세요"라는 말을 남기고 떠났습니다. 생전에 전태일 열사는 어머니와 함께 노동법 공부를 하고 나면 퀴즈를 냈는데, 어머니가 답을 줄줄 맞추셨다고 합니다. 그 어머님께서 그렇게까지 했던 가장 큰 이유는 아들의 기뻐하는 얼굴을 보며 느낀 행복 때문이었겠지요. 이분이 바로 아들의 뜻을 이어받아 사십 년 동안이나 노동자의 권리를 위해 살아가신 '노동자의 어머니', 이소선 여사님입니다. 오랜 시간 활동하시면서 노동자들이 함께 움직이기를 바라셨던 여사님은 이제 세상을 떠나셨지만, 여사님이 남기신 업적은 이루 말할 수 없는 변화를 만들어냈지요.

또 태안 발전소에서 비정규직으로 일하다가 세상을 떠난 김용균 열사와 그의 어머니 김미숙 여사님도 계십니다. 모든 노동자의 어머니가 되셨던 이소선 여사님이 세상을 떠난 뒤로 또 다른 어머니가 와서 노동자들을 품고 계신 겁니다. 아들의 죽음을 딛고 일어난 김미숙 여사님도 선연한 눈동자로 세상에 당당히 외치셨지요.

"나는 더 이상 지켜보지 않을 것이다. 권력 있는 사람들에게 눌려 살 수밖에 없었던 노동자들, 그들이 헛되이 죽지 않게 하겠다. 더 이상 우리 아들이 겪은 일을 반복하지 않도록 하겠다."

많은 사람들이 희생되고, 더 많은 사람들이 문제를 고치기 위해 외치고 나서도 역사는 쳇바퀴처럼 반복되고 있습니다. 본질은 똑같고 형태만 다른 방식으로 문제가 바뀌어서 나타나고 있지요. 인간적인 삶을 보장하라는 전태일 열사의 외침은 비정규직 문제라는 새로 생긴 거대한 벽 아래에서 공허한 메아리가 되어버렸습니다. 그 벽을 무너뜨리기 위해서 사람들이 다시 목숨을 건 투쟁을 벌이고 있고요. 바뀌지 않은 현실이 너무 안타깝습니다.

우리가 반드시 기억해야 할 것이 있습니다. 기억한다

고 말만 하는 것이 아니라 기억하기 때문에 할 수 있는 작은 일들을 시작해야 합니다. 비뚤어진 사회 구조에 맞서 싸우고 목소리를 내는 어머니들의 마음을 잊어서는 안 되니까요. 벚꽃 피면 어떻게 사느냐며 고운 봄 햇살을 맞이하기조차 미안해하는 세월호 유가족의 마음과 자식의 죽음을 딛고 일어나 사회의 문제점과 개선안을 끊임없이 알리고 이를 위해 행동했던 이소선, 김미숙 어머님의 마음을 우리는 결코 잊어서는 안 됩니다. 슬픈 역사의 쳇바퀴를 끊어내기 위해서 말입니다.

갓 지은 밥처럼 따뜻한 말

힘들고 어려울 때 따뜻한 한마디 말에 위로를 받은 적이 있나요? 누군가를 위로하는 수많은 말과 표현이 있겠지만 저는 "밥 먹었니?"라는 말이 그렇게 마음에 와닿더라고요. 사실 이 말은 여러 가지로 해석이 될 수 있습니다. 어머니가 오랜만에 만난 자식에게 묻는 "밥 먹었니?"라는 말은 안부 인사고, 헤어지면서 하는 "밥은 먹고 다녀라"라는 말은 '너를 정말 사랑해. 잘 지내라'라는 뜻입니다. 또 옛날에는 어른께 인사할 때면 "진지는 잡수셨어요?"라고 했지요. 밥을 삼시 세끼 챙겨 먹기 힘든 시대였으니 이 말이 안부를 묻는 말로 통용되었던 겁니다.

어린 저에게 밥을 해주시던 어머니의 뒷모습이 지금도 선명하게 생각이 납니다. 어머니는 낡은 스웨터에 바지를 입으신 채로 곤로 앞에서 분주히 움직이고 계셨어요. 새벽에 일어나서 보면, 마당 지나 부엌에서 김이 모락모락 나는데 그곳에서 어머니가 도시락 여섯 개 정도를 쫙 펼쳐놓고 담으시곤 하셨습니다. 제가 학교 갔다 오면 일을 하시다가도 짬을 내서 감자랑 빵을 쪄주셨어요. 그리고 동네에서 아이들과 함께 실컷 놀다가도 "밥 먹어라!"라는 소리에 부리나케 집으로 들어가고요. 같이 놀던 친구들과 함께 들어가서 밥을 먹기도 했습니다. 집마다 모여서 김장을 같이 하니까 어느 집을 가도 김치 맛이 비슷했던 기억이 납니다. 그렇게 서로서로 돌보고, 끼니를 챙겨주어서인지 그 어려운 시절에도 굶어 죽었다는 사람은 없었던 것 같습니다.

여고를 다니던 시절에는 종종 담을 넘어서 쫄면을 먹으러 갔었습니다. 수위 아저씨에게 반갑게 인사를 하면서 말을 나불나불 잘하면 나갔다 오게 해줬지요. 그렇게 몰래 나가서 먹었던 학교 앞 분식점의 새콤달콤한 쫄면 맛은 지금도 잊을 수가 없습니다. 콩나물이랑 오이를 송송 썰어서 무친 쫄면이었는데, 지금 가서 먹으면 그때처럼 맛있지도 않고 많이 먹지도 못하겠더라고요. 당시 쫄면이 자주 먹지 못하는 별식이었어서 맛있었던 것도 있지만, 도시락을 일찍 까먹고 난 뒤 친구들과 허기진 배를 채우기 위해 몰래 나가던 그때의 스릴 넘치는 시간이 어떤 양념보다 좋은 맛을 낸 것 같습니다.

예전에 상계 어머니학교에서 어머니들을 가르치기 위해 가정 방문을 가면, 늦깎이 제자들이 선생님 왔다고 항상 밥을 내어주시곤 했습니다. 나중에는 식사 시간에 맞춰서 오라고 하실 정도였지요. 어머니들이 갓 끓여낸 된장찌개에 고추장을 넣어 조물조물 무친 나물과 함께 상을 차려 내주시면 금방 한 그릇을 뚝딱 비울 정도로 맛있었어요. 그 담백하고 개운한 맛, 어른이 되어서야 알게 된 심심하고 정갈한 손맛이 지금도 생생하게 기억납니다. 이렇게 쌓인 추억들 때문에 끼니, 밥에 대한 남다른 애착이 생겼나 봅니다.

요새는 혼밥 문화가 너무 당연해졌지만, 저는 아직도 혼밥 문화가 익숙지 않습니다. 불가피한 상황에서 혼밥을 할 때면 조금은 외롭고 쓸쓸한 느낌이 들어요. 나이를 먹으면서 강의를 갈 때 허기가 지면 아무것도 못 하니까 어쩔 수 없이 혼자 먹기 시작했지만, 얼마 전만 하더라도 굶고 말았습니다. 혼밥 문화가 잘못되었다는 것은 아니지만, 항상 혼밥을 한다는 것은 제게는 확실히 쉽지 않게 느껴집니다. 사람에게는 사람과 함께 공유하는 시간, 공간이 꼭 필요하잖아요. 시공간을 공유하는 가장 쉬운 방법이 바로 함께 식사하는 것이고요.

　　가끔은 주변 사람들에게 밥은 먹었는지 물어보면서, 그들과 함께할 수 있는 시간을 누려야 하지 않을까요? 요즘은 혼자가 익숙한 사람들이 많이 늘어나서 관계 맺는 것에 서툴고 어색해하는 사람들이 많습니다. 먼저 손을 내밀 때도 있어야 하는데, 누군가 손을 내밀어주기를 기다리고 바라니까 관계 형성이 안 되는 겁니다. 그럴 때 어렵지 않게 할 수 있는 말이 있어요. 함께 밥 먹자고 진심으로 이야기하는 것입니다. 빈말이 아니라 구체적인 시간과 장소를 정해서 진짜로 함께 밥을 먹자고 요청하는 거예요. 진심처럼 뜨거운 마음도 없습니다. 진심으로 묻는 말의 온도를 느끼지 못할 사람도 없고요. 제가 안부를 묻는 인사말 중 "밥은 먹었니?"라는 말을 가장 좋아하는 이유이기도 합니다. 갓 지은 밥을 닮은 그 따뜻한 말 한마디에 마음이 포근해지는 기분이 절로 들거든요. 생각만 해도 흐뭇한 밥상이 떠오르는, 진심을 담은 말은 김이 모락모락 나는 갓 지은 밥처럼 누군가에게 든든한 힘이 되어줍니다.

당장 손을 내밀어주세요

상계동 어머니학교에서 일할 때 어린 친구들과 쌓은 인연도 있습니다. 그때 어머니학교 외에도 지역 아동 센터의 전신인 공부방이 함께 운영되었는데, 어려운 환경에 놓인 아이들을 데려와 돌보며 공부를 가르쳤어요. 어머니학교처럼 가정 방문을 갈 때도 많았습니다.

가정 방문을 하면서 어머니만 있는 가정과 아버지만 있는 가정이 참 다르다는 사실을 깨달았습니다. 어머니가 있는 집 아이들은 어떤 상황에도 차림새가 반듯하고 끼니도 어떤 식으로든 챙겨 먹어요. 그런데 아버지만 있는 집을 가보면 엉망이에요. 방구석에 술병만 즐비하고, 밥솥을 열어

보면 곰팡이가 퍼렇게 슬어 있으며 아이들의 옷에서는 땟국물이 줄줄 흐릅니다. 그때 만난 Y 역시 집안에 아버지만 계셨던 친구인데, 얼마 전 삼십 년 만에 만나게 되었습니다.

Y는 그렇게 어려운 환경에서도 바르게 자라준 친구였습니다. 시키는 일은 기꺼이 해주고, 부탁하지 않아도 옆에 와서 일을 거들며 공부도 열심히 했지요. 노력하는 것이 기특해서 저희가 장학금도 만들어준 친구인데, 전문대 토목과를 가서 취직했다는 이야기만 듣고 난 뒤로 못 만났습니다. 그런 Y와 연락이 닿아 만났는데 CEO 명함을 갖고 나타났어요. 토목 일을 하면서 한 회사의 사장이 된 겁니다. 저에게 '누나, 누나' 하는데 옛날 목소리가 그대로 있고 얼굴도 변하지 않았더군요. 이름을 부르기 미안할 정도로 자라서 누군가의 아버지가 되어 있었고, 한 회사의 대표가 되어 직원을 거느리고 있는 것을 보니 뿌듯했습니다.

만나지 못했던 삼십 년간의 시간 동안 살아온 Y의 삶을 미처 다 짐작할 수는 없었지만, 밥이든 사랑이든 고팠던 어려운 시절을 함께했던 추억으로 세월이 만든 빈자리를 메꾸었습니다. Y가 "누나, 이 쭈꾸미 올해나 먹을 수 있지 내년에는 먹지도 못해요"라고 능청스럽게 말하며 쭈꾸미를 가져와 샤브샤브를 해주는데, 그때 주고받던 말과 부딪히던 소주 한 잔이 등불처럼 환하고 따뜻하게 지난 추억을 비춰주는 것 같았습니다. 가난하고 배고팠던 시절에 함께 먹었던 밥, 어려움을 나누기 위해 맞잡았던 손은 세월이 무색할 정도로 따뜻하게 남아 있었습니다. 어려운 상황이었던 Y를 우연히 만나 그의 손을 잡아준 것. 그게 참 기쁘고 보람차게 느껴졌던 하루였습니다.

하지만 제가 모든 사람의 손을 붙잡을 수 있었던 것은 아니었습니다. 공부방에서 만난 S라는 친구가 있었는데, 그 친구의 날카로운 듯한 눈매 안에 담긴 무구한 눈망울이 아직도 기억나요. 하지만 그 친구가 낯을 가리기도 한 터라 많이 친해지지는 못했습니다. 그 후로 제가 아이를 낳고 상계를 떠나면서 S와는 소식이 끊겼지요. 어느 날 탈성매매 여성들을 위한 지원 기관에 갔었는데, 거기에 낯익은 얼굴이 오롯이 앉아 있어서 살펴보니 S였습니다. 당황스러워서 어떻게 해야 할지 몰랐어요. 그렇게 뭐라 말을 꺼내지도 못하고 주저하며 서로 마주 보기만 하다가 지나쳤는데, 얼마 뒤 S를 찾아보니 사라져버렸습니다. S와 눈이 마주쳤을 때 제가 왜 주춤거렸는지 모르겠습니다. 그때 상계동에서 손을 붙들지 못하고 놓쳐버린 것이 미안해서, 설명할 수 없이 뒤섞여버린 복잡한 심경에 선뜻 다가서지 못했던 걸까요. 다만 그때 손길을 내밀지 못한 것이 지금도 너무 가슴이 아픕니다. 이십여 년의 세월을 살면서 S가 겪었을 삶의 무게를 고스란히 짊어진 듯 고통스럽습니다.

상계동에서 만난 두 아이들이 다른 길을 걷는 것을 보면서 생각했습니다. 누군가를 만났을 때 그 사람이 어려운 상황에 놓여 있거나 그 사람이 원한다면, 반드시 도움의 손길을 내밀어야 한다고요. 절대 멈춰서도, 시간을 줘서도 안 되고요. 그때, 바로, 지금, 당장, 꼭 잡아주어야 한다는 것을 깨달았습니다. 손길을 내미는 일이 힘들고 귀찮을 수 있습니다. 하지만 겪어보니 그때의 감정은 잠시뿐입니다. 반대로 손길을 내밀지 못했을 때 드는 후회는 마음속에 언제까지고 남아 있습니다. 건드릴 때마다 쓰려오는, 아물지 않는 상처처럼요. 지금 와서 생각해보면 손길을 내민다는 것은 서로의 상처를 따뜻하게 감싸주는 행동일지도 모르겠습니다.

부르면 힘이 되는 이름

종종 에피소드 사이사이에 제 이름을 언급했는데, 일단 제 이름이 참 특이하고 재미있잖아요. 광기, 그것도 '최광기'니까 '최고의 광기 어린' 이름 같기도 하고요. 어릴 때부터 이름 때문에 놀림을 많이 받았지만 그래도 저는 제 이름이 그리 밉지 않습니다. 흔한 이름에 비해 독특한 느낌이 들어서 오히려 좋다는 생각도 했지요. 물론 '특이한 것은 좋은데 이왕이면 좀 더 근사한 이름으로 지어주지 하필 왜 광기로 지었을까'하는 생각이 들기는 했습니다.

제 주변에도 독특한 이름을 가진 분들이 많습니다. 강의에서 만난 분 중에도 특이한 이름을 가진 분들이 몇 명

있었는데, 밀양에서 오신 여성 리더들이었어요. 저는 강의를 할 때마다 꼭 실습을 시킵니다. 말하기에서 중요한 것은 보고 듣기가 아니라 입으로 직접 내뱉기이기 때문에, 그날도 지독하게 실습을 시켰어요. 광기라는 이름에 걸맞게 미친 듯이, 열정과 의욕이 넘치게 가르친 겁니다.

수강생 한 분이 자기소개를 하는데 이름이 '말년'이었습니다. '후남이' '간난이' '말자' '말숙이' 같은 이름은 뉘앙스에서도 느껴지듯이 '딸은 이제 그만 낳고 싶다'는 간절한 바람이 담겨있지요. 이름 자체에 남아 선호 사상이 그대로 묻어 있는 겁니다. 어찌 보면 우리 역사의 갈피마다 뼛속까지 박혀있던 남존여비 사상을 고스란히 까발리는 이름이지요.

이분 이름이 이렇다 보니, 자연스럽게 서로의 이름에 대해 위로를 주고받게 되었습니다. 그런데 다른 분이 일어나서 하시는 말씀이 자기는 박씨 집안 종갓집의 유일한 딸로 태어나서 '사내들만 득시글한 돌밭에서 피어난 옥같이 귀한 내 딸'이라는 의미로 지어준 이름이 '옥돌'이랍니다. 박옥돌. 그분 말씀에 모두 박장대소했습니다.

그날은 특이한 이름 대회라도 하는 것처럼 희한하게

독특한 이름이 많았는데, 세 번째 분단에서 발표하러 나오신 분이 "제 이름은 덕분입니다"라고 하는 겁니다. 저는 '무난한 이름인데?'라고 생각했지요. 근데 그분이 다시 "제 이름은 제덕분이예요." 하시는 겁니다. 아직 의미가 다 파악되지 못해 모두들 어리둥절한 상태였다가 어디서 상을 줄 때면 "대표님, 이게 다 제 덕분인 것 아시지요?" 하며 놀린다는 말을 듣고서야 다들 고개를 끄덕이며 웃음바다가 됐습니다. 그런데 말년이, 옥돌이, 광기 같은 이름이 나오다가 덕분이라는 이름을 들으니까 의외로 고와보였습니다. 조금은 부럽기도 하더라고요.

　　　제가 참여하는 모임에 양희은 선생님과 한비야 언니가 있는데, 여기서도 이름 이야기가 나온 적이 있습니다. 하루는 양희은 선생님이 "진짜 웃긴 이름 많아. 심지어 '서울대'라는 이름도 있다니까?"라고 하시는 겁니다. 그랬더니 비야 언니가 "난 얼마나 다행이야? 내 성이 변 씨가 아닌 게 말이야. 까딱하면 '변비야' 될 뻔 했잖아"라고 받아쳐서 다들 깔깔 웃었지요. 또 제가 아는 교수님 한 분은 성이 강 씨인데 두 딸의 이름을 '냉이'와 '아지'로 지었어요. 실제로요. 아마 그 딸들은 개명을 했을지도 모르겠습니다.

어쨌거나 세상에는 이렇게 독특한 이름이 많습니다. 그중에는 독특한 자기 이름을 좋아하는 사람도 있고 그렇지 않은 사람도 있겠지요. 개인적으로 독특한 이름은 쉽게 잊히지 않고, 단 하나뿐인 자신을 지칭한다는 것을 알 수 있어서 좋아 보입니다.

기독교 신자들이 예수님을 부르고, 불교 신자들이 부처님을 부르듯이 여러분에게도 부르면 힘이 되는 이름이 하나쯤은 있을 겁니다. 저 역시 힘들거나 지칠 때 가만히 되뇌어보는 이름이 있습니다. 그리고 어느 누군가의 부르면 힘이 되는 이름이 독특한 내 이름일 때, 그 감동은 배가 됩니다. 어떤 분께서 해준 말씀이 기억납니다.

"저는 힘들 때 '광기'라는 선생님의 이름을 가만히 읊조려보곤 해요. 그러면 알 수 없는 힘이 솟아요."

제가 무슨 힘이 되어드렸을까 싶어 괜히 쑥스럽기도 했지만, 그때만큼 제 이름이 사랑스럽게 느껴졌던 적은 없었습니다. 제 이름이 그만큼 위로가 되었다는 것이 너무나

기뻤고, 저를 그렇게까지 생각해주셨음에 감사했지요. 부르면 힘이 되는 이름이 있다는 것을 그분을 통해 배웠고, 또 이제는 그분의 이름이 제게 힘을 주는 이름이 되었습니다. 마침내 유별난 제 이름을 사랑하게 된 것입니다. 이처럼 자신의 이름이 누군가에게 힘이 되어준다는 것은 어쩌다 이 세상에 와서 자그마한 이름 하나 얻어 살아가고 있는 우리에게 가장 행복한 일이 아닐까 싶습니다.

지치지 않는 것이
곧 사랑입니다

촉이라고 하지요. 불현듯 어떤 예감이 들 때 촉이 들어맞는 것처럼 상대가 아무런 말을 하지 않고 있어도 무슨 말을 할 것 같은지 알 수 있을 때가 있습니다. CF에서도 나오지요. 말하지 않아도 안다는 '정' 말이에요. 모든 침묵의 말이 정을 뜻하지는 않지만, 침묵을 통해 전하는 정도 다양한 형태를 한 사랑의 모양 중 하나가 아닐까 생각합니다.

사실 저는 사랑, 희망과 같은 추상적인 명사를 썩 좋아하지 않습니다. 구체적인 말이 힘이 된다고 생각하기 때문입니다. 그래서인지 제가 광장에서 사람들을 만나면서 "용기를 내라, 희망을 갖자"라고 이야기했을 때, 저 자신이 하는 말인데도 공허하게 들렸습니다. 그럼에도 제가 꿋꿋이 희망을 얘기할 수 있었던 것은, 눈앞에 보이는 시민들이라는 실체가 있었기 때문입니다. 그 추위에 나와서 촛불을 들고 앉아 있는 한 분 한 분이 희망 그 자체였습니다. 그때는 사람들이 나와서 모인 덕분에 희망이라는 단어가 현실이 된 것이지, 말로만 희망을 부르짖는다고 희망이 생기지는 않는다고 생각했습니다.

그랬던 제가 어떤 슬로건에 감명을 받은 적이 있었는데, 영등포산업선교회 오십 주년 기념 행사에 사회를 보러 갔을 때 대문짝만 하게 걸려 있던 말이었습니다.

'지치지 않는 것이 사랑이다.'

아이를 키울 때 '저걸 왜 낳았을까' 싶어 원수라고 부르기도 하고, 자식이 부모를 원망하는 것도 하루 이틀이 아니지요. 이렇게 서로 못 잡아먹어서 안달인데도 버틸 수 있는 것은 서로 사랑하기 때문이고, 그 사랑이 지치지 않기 때문입니다. 그런데 우리는 조금 노력해보았다가 낌새가 안 좋으면 금방 포기하고 다른 길을 자꾸 찾습니다. 빠르게 결정하고 판단하는 것도 좋지만, 사랑에 있어서만큼은 천천히 느긋하게 돌아보는 것이 중요하다고 생각해요.

저 역시 예전에는 성격이 조급했습니다. 집도 빨리 사야 안정이 될 것 같았고, 애도 빨리 학교에 보내야 자유를 좀 얻을 것 같았지요. 그런데 뭐든지 서두르고 나니 빨리했던 것만큼 대가를 치르고 있었습니다. 몸과 마음은 지쳐서 엉망진창이고, 잘 유지하던 인간관계 역시 흔들리고 있었습니다. 빠르게 움직일 때는 부딪히는지 어쨌는지 알 수도 없고, 부딪혔다고 당장 멈출 수도 없습니다. 또 상처의 크기는 움직인 속도에 비례하기 때문에 빠르게 지나가는 만큼 상처도 많이 남았다는 생각이 들었습니다. 보지 못하고 놓쳐버린 것도 많았지요. '이렇게 조금씩 지쳐가는 거구나' 싶었습니다.

그래서 지치지 않고 꾸준히 무언가를 하려면, 더디게 가는 법을 배워야겠다고 생각했습니다. 당장 실천하는 것이 쉽지는 않겠지만, 뒤를 돌아보는 훈련을 하면 도움이 되지 않을까 싶습니다. 과거를 반성하고 비판하라는 말이 아니라, 그저 걸어왔던 길을 담담하게 살펴보고 지나온 과정과 결과가 나에게 어떤 의미였을까를 살펴보는 것이지요.

사실 이것을 혼자서 하기는 힘들고, 옆에서 격려하고 들어주는 사람이 있다면 훨씬 큰 도움이 됩니다. 상대방에게 털어놓는 것만으로도 위안이 되고 힘을 얻을 수 있으니까요. 제가 말하기에 대해서 종종 이야기하지만, 듣기를 빼놓고는 말을 할 수 없습니다. 도인이 아닌 이상 가만히 앉아서 '그래, 그땐 그랬지'라고 생각하며 과거를 돌아보기는 쉽지 않아요. 그래서 지나온 과거에 대해 후회하거나 미련이 남는 일이 있을 때 그걸 속 시원히 털어놓을 사람, 그리고 "괜찮아, 그럴 수도 있지. 그때는 그렇게 할 수밖에 없었잖아"라고 이야기해줄 수 있는 사람이 필요합니다. 들어주는 것. 그리고 진지하게 위로해주는 것. 이것이 지치지 않는 사랑을 위한 필수조건인 겁니다.

올해 아흔 살인 할머니와 여든여덟 살인 할머니가 함께 사신다는 이야기를 들은 적이 있습니다. 국가로부터 기초 생활 보장비를 받고 우유와 쌀 같은 식료품도 지급받으면서 사신다고 했습니다. 그런데 그분들이 같이 사시니까 활력이 생기는지 항상 밝게 행동하시고 지급받은 우유를 모아서 동네 목욕탕 카운터 보는 사람, 때 미는 세신사분들에게 나눠주신다는 겁니다. 이처럼 많이 가지지 않았는데도 서로 나누며 도울 수 있는 이유는 두 분이 기대어 함께 살기 때문이겠지요. 서로가 서로에게 지치지 않도록 쉴 수 있는 기둥이 되어준 겁니다.

지금까지 살면서 지켜본 그 어떤 사랑에도 빠지지 않는 것은 '서로, 여럿이'라는 개념이었습니다. 물론 사람 때문에 지치고 힘든 나날을 보낼 때도 있겠지요. 가끔은 혼자 있고 싶은 날도 있을 겁니다. 그럼에도 불구하고 우리가 사랑을 할 수 있는 것은, 고된 세상살이에 지치지 않을 수 있는 것은 곁에 다른 사람이 있기 때문이지 않을까 싶습니다. 그것이 '사람'과 '사랑', 두 단어가 서로 닮아 있는 이유이지 않을까요.

그날의 봄들

20대의 저에게 봄이란 따뜻한 기운이 주는 활력이나 생기가 온몸으로 느껴지는 때였습니다. 새 학기가 시작되면서 즐길 수 있는 이벤트도 생기고요. 새로운 마음으로 새로운 사람을 만난다는 기대도 있고. 가벼워지는 옷차림처럼 마음도 가벼워지고 들뜬다고 해야 할까요. 싱숭생숭해진다는 표현이 꼭 맞는 것 같았습니다.

30대 때의 봄은 '돌봄'의 봄이었습니다. 이때도 봄에 나들이를 많이 갔지만 스스로를 위해서라기보다는 아이들에게 뭔가를 느끼게 해주고 싶어서, 무엇 하나라도 놓치지 않으려고 아이와 함께 여기저기 다닌 것이었습니다. 그래서 온종일 유모차를 끌고 다니면서 아이에게 만개한 꽃을 보여주면서도 정작 저는 보지 못했지요. 그저 아이의 표정을 살피며 아이가 지금 어떤 기분인지, 진짜 이것을 보고 호기심이 드는지에만 관심이 갔습니다. 그러니까 20대, 30대의 저에게 봄은 '몸으로 느끼는 것'에 가까웠던 겁니다.

그런데 40대에 비로소 봄이 보이더라고요. 나뭇가지에 물이 차오르고, 앙상한 가지에서 푸름이 돋아나고, 연초록에서 진한 초록으로 바뀌는 봄의 과정이 정말 느릿하게 지나가면서 시간의 흐름이 보이기 시작했어요. 20대, 30대에 쫓기듯 살아왔다면, 40대부터는 자기를 돌아보게 되는 시간적인 여유가 생깁니다. 40대를 불혹이라고 해서 아무에게도 미혹되지 않는 나이라고 하지요. 오롯이 자신에게 집중하고, 과거를 돌아보며 살아온 시간의 결을 만지는 나이가 된 겁니다.

요즘 산에 올라가면서 주위를 둘러보면 나무들이 점점 푸르러지고 있습니다. 계절의 변화가 주는 여유를 만끽하고 있어요. 이전에는 계절의 변화에 큰 관심이 없었고 꽃이 아름답게 흩날리는 풍경을 보며 감탄만 했던 기억이 납니다. 사실 감탄도 잠시뿐이고 사람들과 술 마시며 노느라 정신이 없었습니다. 자연이 주는 여유로움이 느껴지진 않았어요. 그런데 이번에 코로나19가 확산되면서 사람과, 세상과 단절된 삶을 살다 보니 시간이 굉장히 느긋하게 가면서 나뭇잎 하나하나의 결이나 가지가 뻗은 모양들이 세세히 눈에 들어왔습니다. 자연이 제게 감흥을 주고 있는 것이었지요.

시인 T.S 엘리엇의 '4월은 가장 잔인한 달'이라는 표현처럼, 우리나라의 봄은 아름다우면서도 왜 이리 잔혹하게 느껴지는지요. 언젠가 5월 18일에 광주를 갔었던 기억이 있습니다. 그때만 해도 전국에서 대학생들이 오고 시민들도 모여서 금난로 광장 같은 곳에서 추모제를 하던 시기였습니다. 지금이야 광주에 5·18 묘역이 잘 조성되어 있지만 예전에는 망월동 묘지에 희생자분들이 모셔져 있었거든요. 싸늘하고 황량한 그곳에 추모 겸 순례의 감정으로 다녀오곤 했습니다.

새삼 눈부시고 따뜻했던 광주에서의 기억들이 떠오릅니다. 길에 걸터앉아 있으면 머리 위로 빵 같은 음식들이 날아오곤 했습니다. 시민들이 고맙다고, 배고플 텐데 빵이라도 먹으라고 던져주는 겁니다. 광주에 갔다 온 뒤면 그런 전설 같은 이야기들을 무용담처럼 이야기했어요. 냉혹한 군홧발로 짓밟는 탄압 속에서도 서로 부둥켜안고 격려하며 다시 일어날 힘을 주었던 '오월의 주먹밥'처럼 이어져 오는 빛고을의 정신이었지요. 지금까지도 그 주먹밥은 광주의 나눔과 연대의 상징으로 남아 아픈 기억 속 따뜻한 마음으로 전해져오고 있습니다.

저는 대학교에 가기 전부터 광주에서 실제로 무슨 일이 일어났는지 알고 있었습니다. 고등학교 때 가던 성당이 하나 있었는데, 그곳에서 광주의 현장이 찍힌 비디오를 대학생들이 와서 몰래몰래 상영했었습니다. 호기심이 많았던 저는 그 영상을 보러 대학생 오빠를 둔 제 친구와 같이 갔었어요. 영상을 보는데 쿵쾅거리는 심장 소리가 영화관 밖에서 울리는 것처럼 크게 들렸습니다. 영화 〈택시운전사〉를 비롯해서 다양한 미디어로 재현된 그 끔찍한 장면을 광주 시민들이, 성당 안에 있던 사람들이 실제로, 영상으로 다 목격한 거예요. 사실 저는 믿기지 않았습니다. '이건 분명히 영화일 것이다. 실화가 아닐 것이다…… 이게 정말 진실일까?' 이런 생각을 했었습니다. 대학에 가서야 그 영상이 사실임을 알게 되고, 참혹한 심정으로 광주에 갔던 거지요.

처음 광주에 갔던 날을 잊지 못합니다. 일몰 즈음에 전남대학교 사회대 부학생회장의 인솔로 망월동 묘역을 찾아갔습니다. 누추하고 초라한 묘지에 작은 비석이 겨우 버티고 서 있는데, 익숙한 이름들이 새겨져 있는 거예요. 해가 뉘엿뉘엿 지면서 바람이 불어오는데, 그날만큼은 생동감 넘치던 계절의 분위기는 온데간데없고 싸늘했던 시대의 아픔만이 마음 한편에 부어올랐습니다. 피부를 스치는 서늘하다 못해 쓰라린 바람에 괜스레 고개가 숙여졌지요.

묘지를 한 바퀴 돌아 나오는데 어떤 분이 한 묘지 앞에 주저앉아 하염없이 통곡을 하고 있었습니다. 울면서 무언가를 애타게 외치시길래 자세히 들어보니 "한열아, 한열아" 이름을 부르시는 거였습니다. 울고 계신 그분이 이한열 열사 어머님이셨어요. 그때 알게 된 인연이 이어져 얼마 전에도 인사를 드렸었는데, 그 이후로 벌써 삼십여 년이 지났잖아요. 그 당시의 이한열 열사 어머님께서 아마 지금 제 나이와 비슷하셨겠지요. 그 나이에 자식을 잃은 마음을 차마 헤아려보기도 어렵고 끔찍합니다. 광주 사람들이 목숨을 걸고 찍었던 그날의 영상을 보면서 경악을 금치 못했던 것보다도요. 설명할 수 없는 절박함과 슬픔이 어머님 얼굴 속에 있었습니다.

　　지금의 20대, 30대들은 봄을 맞는 기분이 저와는 또 다르겠지요. 하루는 제 딸과 같이 영화 〈1987〉을 보러갔는데, 영화를 보면서 너무 많이 울던 저와 달리 딸은 "저건 영화인데 왜 그렇게 많이 울어." 이러는 거예요. 딸로서는 역사 교과서에서 다 알려주는 내용이기도 하니까 시대적 상황 등을 이론적으로 알 수 있지만, 제 눈물의 의미를 온전히 이해하지는 못하는 것이 어떻게 보면 당연한 일입니다. 저역시 성당에서 영상을 보았을 때와 이한열 열사 어머님의 눈물을 직접 목격했을 때 느꼈던 감정의 깊이가 달랐으니까요.

　　딸의 말을 듣고 그날의 봄을 살아내는 것과 목격하는 것이 이토록 다르구나 싶으면서도, 어떻게든 그분들의 감정에 가까워지기 위해 끊임없이 노력해야 한다고 생각했습니다. 매년 그날이 돌아오면 추모제를 열며 기억하고, 영화로, 문학 작품으로 만들면서 우리가 다양한 형식으로 그날의 봄을 재현하는 이유도 참혹한 역사를 반복하지 않기 위해, 이 땅에서 사라지지 않을 슬픔을 또 다시 만들지 않기 위해서가 아닐까요. 나이가 들어갈수록 제 안에서 봄에 대한 이미지가 바뀌어갔던 것처럼, 먼 훗날 역사 속의 봄이 그저 눈부시고 빛나는, 슬픔을 딛고 일어나는 나날이 되었으면 좋겠습니다.

3장

고개를 숙여야
들을 수 있는
말이 있습니다

한 사람만 있어주면 됩니다

선거에 당선되는 사람들을 보면 50대 남성들이 주를 이룹니다. 그러니 우리는 50대 남성들이 만들어나가는 세상에서 계속 살고 있는 셈입니다. 하지만 지금 시대를 그들이 이끄는 것이 과연 좋은 걸까 싶습니다. 이런저런 사회·문화적 현상에 대해서 그들이 가진 사고는 이제 낡은 것인데, 그들에게 맡겨놓을 수만은 없지요. 특히 계속해서 화두에 오르는 여성 문제에 관해서는 말할 것도 없습니다. 얼마 전 선거에 나온 녹색당의 신지예 씨만 봐도 화법이나 정치, 여성 문제에 대해 생각하는 태도가 기성세대와 상당히 달라졌습니다. 그러니 젊은 친구들에게는 제 나이대 사람들이 꼰대로 보이겠지요.

하지만 그분은 지금의 새로운 페미니즘 물결을 만들어 나가는 사람이기는 해도 어느 날 갑자기 나타난 신인류는 아닙니다. 예전에도 여성 운동은 활발하게 벌어졌거든요. 저 역시 호주제 폐지 운동, 안티 미스코리아 페스티벌, 부모 성 함께 쓰기 운동 등 다양한 활동에 참여하면서 여성 운동에 앞장섰던 사람입니다. 그렇게 긴 시간 동안 여성 운동을 해왔지만 여성에 대한 차별이 이루어지지 않는 사회가 찾아왔다고는 말할 수 없습니다. 그래서 페미니즘 리부트 같은 현상이 벌어지게 된 것이지요. 해결하지 못한 다양한 여성들의 문제가 있지만, 이번에는 미혼모 문제에 대해서 이야기해보려 합니다.

언젠가 미혼모 여성들을 초대해서 '휴먼 라이브러리'를 진행한 적이 있습니다. 초대된 여성들이 자신의 개인사를 쭉 풀어놓으면서 토크 쇼 형식으로 이야기하는 자리였어요. 이 행사를 진행하면서 알게 된, 인상 깊었던 한 여성이 있습니다. 어머니는 돌아가셨고 아버지와 오빠하고 함께 살았다고 합니다. 어렵고 힘든 가정에서 자란 아이였던 것이지요. 가장 안전하고 편안해야 할 집에 의지할 수 없었던

지 굉장히 어렸을 때 집을 나왔고 학교도 자꾸 빠지다가 어느 날 덜커덕 임신을 했다고 합니다. 그런데 가족도 아닌 학교 선생님이, 그분을 끝까지 돌봐주셨습니다. 아이를 낳겠다고 하니까 네가 어떻게 살든 아이와 함께 살기 위해서는 졸업은 해야 한다면서 위탁 시설을 하나하나 알아본 후 낳은 아기를 위탁 시설에 잠시 맡겨서 끝내 졸업을 시켜주셨다고 합니다. 지금도 그 선생님이 전화를 하셔서 잘 지내는지, 아이는 잘 크는지 물어오신다는 이야기를 들었습니다.

이처럼 누구든 자신의 편이 되어주는 한 사람만 있어도 버틸 힘이 생기기 마련입니다. 그래서 서로 간의 연대가 참 중요합니다. 미혼모 문제, 여성 문제를 떠나서 사회의 모든 문제는 언젠가 나에게 닥칠 수도 있는 일입니다. 사회적인 불안과 위협이 나와 상관없는 일이라고 생각하는 순간 소외받는 사람들은 늘어나겠지요. 그 외면이 계속되다 보면 결국 1퍼센트의 기득권과 99퍼센트의 소외 받는 사람들로 나누어져버리고 맙니다.

연대란 거창한 것이 아닙니다. 지금 곁에 있는 단 한 사람의 말을 들어주는 것, 그의 편이 되어 온전히 그를 지지

하는 것, 여력이 된다면 또 다른 사람의 말도 한번 들어보는 태도. 그것이 연대의 씨앗이 됩니다. 그렇게 모든 사람이 자신만의 편을 만들 수 있을 때, 우리 사회는 차별이라는 단어를 조금씩 지워갈 수 있을 것입니다.

야만과 폭력의 시대를 살아온
여자들의 한 방

저 역시 그랬지만, 철없는 시절에는 딸들이 어머니에게 "난 엄마같이 안 살 거야"라는 소리를 많이 하지요. 어떻게 보면 자신의 삶을 부정하며 가슴에 대못을 박는 말인데도, 어머니들은 "그래, 엄마처럼 살지 마"라고 인정합니다. 그 정도로 힘든 삶을 견디며 살아온 겁니다.

그런데 어머니들도 사람인지라 항상 참을 수는 없잖아요. 여자들이 힘든 감정을 드러낼 때 뿜어져 나오는 커다란 에너지에 주위 사람들이 놀라는 경우가 종종 있습니다.

어머니학교에서 가르치던 학생 중 보기만 해도 곱고

참하신 어머님이 계셨습니다. 이분께서는 미싱(재봉틀로 옷에 박음질하거나 옷을 만드는 작업) 일을 하셔서 돈을 버셨고, 남편은 택시를 몰았어요. 두 분이 다 일을 하는 맞벌이 부부였던 겁니다. 그런데 참 이상한 것이, 부부 중 아내가 돈을 더 많이 벌어올 때도 아내를 가장으로 모시기는커녕, 아내가 하는 일을 부업 취급합니다. 여자를 동등하게 일하는 사람으로 바라보지 않아요. 심지어 자신의 본업 외에도 살림, 육아까지 병행하며 이중, 삼중으로 일을 하는데도요. 이 집안뿐만 아니라 사회 전반의 시선이 그렇습니다.

이 어머님도 집에서 재봉틀을 돌리다 보니까 아무도 일을 한다고 인정해주지 않았습니다. 그런데도 매일 남편을 위해 압력솥에 늘 따뜻한 밥을 해줬대요. 남편은 택시를 모니까 아침에 나갔다가 점심밥 먹으러 들어오고, 저녁 식사 시간에 맞춰 퇴근했는데, 그렇게 집에 들어올 때마다 새로 밥을 지어서 줬다는 겁니다. 끼니마다 밥상 차리는 것이 생각보다 무척 힘든 일입니다. 엄마들이 제일 듣기 좋아하는 소리가 '밥 먹고 들어간다'라는 말이 있을 정도로요. 그럼 숨 쉴 수 있는 여유가 생기니까요.

예전에는 지금보다 가부장제에 찌든 남자들이 더 많

앉으니 어땠겠어요. 아내가 밥상을 차리는 것을 당연하게 받아들였던 겁니다. 또 가부장제의 영향을 그대로 받은 이 남편 같은 사람들은 굉장히 폭력적이고 권위적인 구석이 많습니다. 하루는 어머님이 여느 때처럼 상을 차려놨는데, 남편이 밖에서 스트레스를 받았는지 짜증을 내며 트집을 잡았대요. 옛날에는 남자들이 방 안에서 담배를 자꾸 피워 대서 큰 유리 재떨이를 집에 두곤 했거든요. 이 남편이란 작자가 짜증을 내다가 재떨이를 집어서 어머님에게 확 던진 겁니다. 기껏 밥 차려줬더니 자기 기분 나쁘다고요.

그렇게 난장판을 벌여놓은 남편이 밖으로 나가려고 일어서려는데 그때 이 어머님이 수십 년 만에 처음으로 남편 앞에 가서 밥상을 확 뒤엎어버렸다는 겁니다. 그렇게 순하고 참하셨던 분이요. 그전까지는 패악을 부려도 한 번도 반항하지 않았던 착한 마누라가 그러니까 남편이 슬금슬금 뒷걸음질했답니다. 이럴 때 기선을 제압해야 하거든요. 그래서 이분이 남편 멱살을 확 휘어잡고 오늘로 다 끝내 버리자고, 어디서 재떨이를 던지느냐고 막 쏘아붙였대요. 그러고 난 이후로 남편의 패악질이 싹 없어졌다는 거예요.

또 다른 친구는 어느 날 부부 싸움을 하는데 남편이

자기에게 물건을 던지더라는 거예요. 웃긴 점은 남편이 소심한 데다가 경제적으로 손해나는 것을 굉장히 싫어해서, 부서지지 않거나 부서져도 크게 무리 없는 물건만 골라서 던졌다는 거지요. 물건을 집어던진다는 액션의 효과만 노린 겁니다. 그걸 간파한 친구가 TV를 들어서 확 던져버렸대요. 그렇게 하고 난 뒤로 남편이 다시는 물건을 던지지 않더랍니다. 제가 이 이야기를 듣고 놀라서 왜 그랬냐고 물어보니, 사실 자기는 물건을 집어던지는 폭력적인 행동을 집안에서 너무 자주, 오랫동안 겪었기 때문에 그 정도로는 눈도 깜짝하지 않는다는 거예요. 아버지가 군인이셨는데, 그런 식의 가정 폭력을 일삼았던 겁니다. 친구의 행동에 속이 시원하면서도 그렇게밖에 할 수 없었던 심정이 짠하게 다가왔습니다.

여자만 만만하게 생각하는 꼰대 이야기도 해볼까 해요. 어느 날 지하철에서 한 꼰대 아저씨가 20대 여자분에게 다짜고짜 "야, 너는 도대체…… 어른이 서 있는데 일어나지도 않냐?" 하면서 자리를 양보하라고 하는 겁니다. 앉고는 싶은데 자리는 없고, 그러니 괜히 만만해보이는 여자에게 일어나라는 거지요. 그런데 저렇게 말하면 일어나고 싶겠어요? 여자분이 당당하게 왜 자기가 일어나야 하느냐고 했습니다. 점차 언성이 높아지니 상대방이 순순히 져줄 줄 알았던 아저씨는 자존심이 상했는지 막 욕을 하면서 길길이 날뛰었답니다. 그랬더니 여자분이 그랬대요.

"야! 너는 애미 애비도 없냐?"

이 말풍선은 오랫동안 아저씨 쪽에 달려있던 것인데, 여자분이 가로채버린 거지요. 아저씨가 어이가 없어서 어안이 벙벙해진 틈을 타 여자분은 자신이 내릴 역에서 쓱 내렸다고 합니다. 보통 나이 먹은 꼰대들이 '너는 애미 애비도 없냐?' '교육을 어떻게 받았냐!' 이러는데 이 여자분이 갑자기 꼰대들의 말을 빼앗아서 한 방 먹여버렸으니 아저씨는 정신이 없었겠지요.

앞서 소개한 이야기들을 보면 알 수 있듯이 남자들은 여자들을 제압하기 위해 신체적, 언어적 폭력을 쓰는 경우가 많습니다. 또 젊은 남자들은 습관적으로든 고의로든 욕을 많이 하지요. 강하고 폭력적인 언어를 사용해서 상대방보다 우위에 서려는 심리가 작용한 겁니다. 남성 중심의 말, 가부장적인 말은 몹시 억압적인 사회 분위기를 드러냅니다. 여자들은 이런 말들을 들어오면서 불평등과 차별이 만연한 세상을, 남자들은 상상할 수 없는 야만과 폭력의 시대를 살아왔습니다. 여자들만 알고 있는 경험이 생기는 이유이기도 하지요.

말은 곧 에너지이자 기운입니다. 긍정의 말을 나누면 긍정적인 힘이 되돌아오고, 긍정적인 환경이 만들어지는 거예요. '말이 씨가 된다'라는 것도 말이 가진 에너지에 대한 표현이고요. 그러니 여자들이 흔하게 듣는 '무슨 년' 등의 욕설이나 '확 찢어버릴 거야' 같은 폭력적이고 공포스러운 말들도 당연히 부정적인 에너지를 가집니다. 부정적인 에너지가 사회에 만연해지면 이런 나쁜 말을 서슴없이 할 수 있는 분위기가 만들어져요. 부정적인 에너지가 부정적인 말을 낳고, 부정적인 말이 부정적인 에너지를 낳는 악순환인 겁니다.

여자에게 행해지는 폭력만 예시로 들었지만, 사실 남

자가 다른 남자에게 피해를 보는 경우도 많습니다. 약육강식, 권위적인 태도가 당연하게 여겨지니까 힘을 휘두르는 강자만이 살아남게 되는, 상대적으로 약한 남자들도 불행해지는 사회가 되는 거예요. 그래서 페미니즘이 필요한 겁니다. 페미니즘은 약자의 시선으로 세상을 바라보니까요. 약자의 눈에 비친 세상은 기울어지고, 무너진 곳입니다. 페미니즘은 이것을 다시 평평하고 안전하게 하면서 모두가 함께 가는 길을 만들어나가는 사상입니다. 궁극적으로는 이 사회를 살아가는 모두가 안전하고 평화로워지는 길을 만드는 거지요. 그러니 페미니즘을 가지고 여자와 남자가 서로 적대적으로 바라볼 필요가 없는 겁니다.

궁극적으로는 여자들이 '한 방'을 날릴 필요가 없는 사회가 오면 좋겠습니다. 폭력에 맞서 폭력으로 대응하는 일이 없고, 그 대응이 '의외의 반격'으로 취급되지 않을 수 있는 사회 말입니다. 당연한 정당방위이자 자기방어일 뿐, 역으로 공격한 것이 아니잖아요. 똑같은 사람으로 존중하면 날릴 필요 없는 '한 방'이었던 겁니다. 곳곳에서 터지던 크고 작은 전쟁이 멈추고 평화의 시대가 왔듯이 앞으로 폭력 역시 서서히 사라질 거라 믿어요. 큰 변화를 위해서 말

한마디부터 긍정적이고 부드럽게 건네는 사소한 실천이 필요한 때입니다.

소통이 고통이 되지 않으려면

    카페에 가보면 중년 여성들이 모인 자리는 대부분 왁
자합니다. 다른 사람들이 조용히 하라는 눈총을 보내도 아
랑곳하지 않지요. 유독 중년 여성에게 이런 일이 빈번한 이
유를 생각해보니, 나이가 들수록 남의 말에 귀를 기울이기
보다 자신의 이야기를 더 하려 들기 때문이 아닐까 싶습니
다. 남편과 자식들의 바깥 활동이 많아지면서 그들의 뒷바
라지를 하느라 자신에게 신경 쓸 시간이 줄어들었는데, 가
끔씩 집 밖에서 마음이 맞는 사람들을 만나면 뒷바라지를
할 필요가 없으니 오로지 자신에게 몰입하게 되는 거지요.
자신의 이야기에 진심을 담다 보면 목소리가 점점 높아질

수밖에 없고요. 그리고 한 사람의 목소리가 커지면 다른 사람의 목소리도 덩달아 커지잖아요. '중년 여성들이 밖에서 목소리를 크게 내는 것은 이런 원리 때문이지 않을까' 하고 나름의 결론을 내려보았습니다. 결국 이 문제는 집안에서 어머니들이 목소리를 내지 못해서 발생하는 문제라고 볼 수 있는 겁니다.

소통이란 '서로 통한다'는 뜻입니다. 그런데 통하지 않으면 갈등이 생기고, 갈등은 고통으로 변하게 됩니다. 결국 서로의 마음을 알지 못하면 고통이 시작되는 겁니다. 그러다 보니 부모 자식 간에, 세대 간에, 또 사회 구성원들 간에 고통이 생겨나는데, 여기서 중요한 것은 '생겨난 고통을 어떻게 해결하느냐'입니다. 어떤 사람은 정면 돌파를 택해 문제를 해결하려 하고, 어떤 사람은 회피하지요. 방식은 전혀 다르지만 어느 쪽이든 고통을 없애려는 노력임에는 틀림없습니다.

정답은 없다고 생각합니다. 어떤 방식이 더 자신의 성향에 맞는지가 있을 뿐이겠지요. 하지만 소통에 실패했을 때 가장 우선시해야 할 점은 나의 방식보다는 타인의 방식을 존중하는 것이 아닐까 싶습니다. 사람은 저마다 다른 존재인데, 모두가 나와 비슷하리라고 생각한다면 작은 문제도 더 큰 오해로 번지기 십상입니다. 이를테면 나는 소통이 안 될 때 직접 그 이유를 파고들어서 이야기를 하는 타입인데, 상대방은 서로 불편한 상황을 마주하기 싫어하는 타입이라 당장의 원인을 덮어두고 다른 방식으로 해결하려고 한다면 일단 상대방의 방식을 존중해서 기다려보세요. 상대방에게 당장 이 문제에 대해서 이야기하자고 요구한다면 상대방이 불편해 더욱 소통이 어려워지겠지요. 갈등 앞에서 미덕을 지키기 쉽지 않으니까요. 이렇게 소통이 고통으로 이어지기 전에 먼저 상대방의 방식을 이해하려 노력하는 것이 가장 좋은 소통법입니다.

개인적인 관계에서의 사소한 소통 불능도 문제지만, 사회적 소통 불능은 더 큰 문제입니다. 사회적인 편견에 갇혀 속내를 쉽게 털어놓을 수 없는 사람들이 많습니다. 많은 사람이 다양한 사회적인 편견에 희생당하기 때문에, 속내를 알고 보면 서로 닮아있지만 드러낼 수 없어서 아닌 척 가면을 쓰고 있는 경우가 태반이지요. 설령 속내를 털어놓는다 하더라도 상대가 이를 충분히 공감하고 이해하기란 쉽지 않습니다. 이외에도 나와 다른 생각은 모두 틀린 생각이라고 여겨 배척하는 사람들도 많습니다. 특히 정치 문제는 견해 차이가 극단적으로 벌어져서 상대방을 틀렸다고 여기는 경우가 흔하지요.

제 지인이 최근에 이혼을 했는데, 정치 문제 때문이었습니다. 처가 식구들과의 식사 자리에서 장인과 정치 이야기를 하다가 갈등이 빚어졌다고 합니다. 사위와 장인의 정치적 견해가 완전히 달랐던 거지요. 즐거워야 할 식사가 엉망진창으로 끝나버린 것으로도 모자라, 언쟁의 불똥은 그들 부부에게로 옮겨붙어 버렸습니다. 정치적 문제로 시작되었던 갈등이 전혀 다른 이야기로 이어지며 부부 사이의 과거가 회자되었고, 결국 수습할 수 없을 정도로 서로 상처를 받았지요. "우리 아버지에게 어쩌면 그렇게 무례할 수 있느냐", "나를 얕잡아봐서 내 부모도 무시하는 것이냐"라는 이야기를 주고받으며 도저히 끌 수 없는 불길이 되어 버렸습니다.

그 이야기를 들으면서 마음이 아팠습니다. 뭐라고 말해주면 좋을지 며칠이나 고민해봤지만, 서로가 자신의 주장과 의견을 굽히지 않는 한 마땅한 해답이 없었습니다. 소통을 위해 상대방의 방식을 존중하는 일이 어쩌면 자신의 방식을 존중하지 않는 것으로 생각될 수 있으니까요. 차마 강요하지 못했습니다.

힘든 일이지만, 소통이 고통이 되지 않으려면 그럼에도 먼저 상대방을 온전히 이해해야 합니다. 그리고 상대방을 이해하기 위해서는 상대방의 소통 방식을 내 쪽에서 먼저 존중하면 좋습니다. 내가 먼저 말하기보다 일단 상대방의 말을 너그러운 태도로 들어보세요. 지금 당장 말하기 싫어한다면 그 역시 너그럽게 받아들여 주세요. 그러면 그 사람이 무슨 말을 하고 싶은지, 무슨 생각을 하는지 들리기 시작할 겁니다. 경청을 통해 이해가 시작되는 순간입니다. 이해가 가능할 때 진정한 소통이 가능하고 갈등을 원만히 해결할 수 있습니다.

첫인상의 법칙

맹신하는 것은 아니지만 저는 첫인상을 대체로 믿는 편입니다. 사람을 처음 만나보면 인상을 파악할 수 있잖아요. 그때 떠오른 첫인상은 거의 빗나가지 않았던 것 같습니다. 인상은 대체로 얼굴에서 결정되는데, 얼굴이라는 단어는 '얼'과 '굴'의 합성어입니다. '얼'이라는 것은 그 사람의 정신이나 마음을, '굴'은 일종의 통로를 나타내지요. 다시 말하자면 얼굴은 '생각이나 마음이 드러나는 통로'라고 볼 수 있어요. 그래서 사람을 파악하는 데 있어 말도 중요하지만 그 사람의 얼굴에도 집중해야 한다고 봅니다.

미국 UCLA 심리학 명예 교수인 앨버트 머레이비언

박사는 '좋은 인상을 주는 사람이 호감을 준다'는 '첫인상의 법칙'을 말하기도 했지요. 사람마다 인상을 판단하는 기준이 달라서 어떤 사람은 눈을 보고, 또 어떤 사람은 코를 보고 인상을 판단하잖아요. 그것은 취향의 문제인데, 이렇게 어느 한 신체 부위를 콕 집어서 호감을 느끼는 것도 결국은 사람의 얼굴을 구성하고 있는 이목구비에 대한 '첫 판단'입니다. 첫인상이 얼마나 강한 영향을 미치는지 알 수 있는 대목이지요.

　한 가지 재미있는 사실은, 타인이 보는 얼굴과 자신이 보는 얼굴이 다르다는 겁니다. 상대방만이 볼 수 있는 얼굴이 있습니다. 자기 자신이 보는 얼굴이 가장 나다운 얼굴이라고 생각할 수 있지만, 그렇지 않을 때도 많아요. 남이 나를 보는 것처럼 나를 확인할 수 있게 좌우를 반전시킨 거울이 출시된 것을 보았는데요. 꼭 그런 외양적인 부분만을 일컫는 것이 아닙니다. 거울로 자신의 얼굴을 확인할 수는 있지만, 제가 말하는 '생각과 마음이 드러나는 통로'로써의 얼굴은 거울로도 볼 수 없지요.

　이건 어쩌면 신의 묘수가 아닌가 싶습니다. 첫인상을 결정하는 데 가장 큰 영향을 미치는 얼굴은, 사람이 말이나 행동로 숨길 수 있는 많은 것들을 솔직하게 이야기해주기 때문입니다. 오래도록 이런 일을 해서인지 모르겠지만 저도 사람을 보면 딱 느껴지는 인상이 있습니다. 시간이 지나도 그 느낌이 틀린 적은 거의 없었고요. 얼굴에는 그 사람의 이력이 다 쓰여 있으니까요. 어떤 생각을 품고 사는지, 어떤 태도를 갖고 있는지 얼굴 표정에서 모두 드러나는 거지요.

인상을 재빠르게 파악하면 여러 가지로 도움을 받을 때가 많습니다. 저 역시 사람들에게 스피치를 가르칠 때, 배우러 오신 분들의 인상과 특징을 단박에 파악해서 정확하게 문제점을 해결할 수 있도록 도와드리기도 합니다.

'얼굴'이 가장 잘 드러나는 요소는 눈빛입니다. 눈빛은 많은 것을 비언어적으로 전달합니다. 표정을 효과적으로 드러낼 수 있는 수단이기도 하고요. 자존감이 높은 사람의 특징은 표정이 굉장히 다양하다는 것입니다. 여러 감정을 얼굴과 몸으로 유감없이 표현하기 때문입니다. 하지만 보통은 입으로만 이야기하지요. 그래서 저는 학생들을 가르칠 때 발성 연습과 함께 표정 연습을 잊지 않아요. 표정 연습은 스피치에 있어서 말하기만큼 중요합니다. 발성과 표정은 항상 함께 간다고 생각하면 좋습니다. 마치 종합 선물 세트처럼요.

첫인상에서 받은 느낌이 거의 틀린 적이 없다고 했지만, 그냥 얻어낸 결과물은 아닙니다. 사람에 대한 깊은 관심과 집중을 통해 인상을 판단하는 겁니다. 어떤 사람을 만나 대화를 나누며 관심을 갖고 집중하면 대화를 지속하면서 받은 인상의 느낌이 틀리지 않습니다.

사실 이것은 누구나 어느 정도는 알 수 있습니다. 여기서 한 가지 중요한 점은 그 '사람'에게 집중해야 한다는 것입니다. 지위나 스펙, 기타 다른 것들로 미리 그 사람에 대해 판단하지 말아야 해요. 그래야 선입견 없이 그 사람이 갖고 있는 고유한 내면의 힘을 발견할 수 있거든요.

좋은 인상을 갖고 싶다면 가장 먼저 자기 자신을 들여다봐야 합니다. 내 안에 깊이 숨은 나 자신과 만나야 하지요. 밝은 인상, 좋은 인상은 꾸밀 수 없기 때문입니다. 내면에 있는 자신이 진정으로 밝아지고, 좋아져야 그것이 인상으로 드러날 수 있습니다. 그러고 나면 말이든 표정이든 나만의 좋은 인상이 형성되는 겁니다. 아무리 말을 꾸미려 해도 표정, 음성, 태도에서 금방 들통나게 되거든요. 한두 번쯤은 속일 수 있을지 몰라도 사람 사이의 관계는 한두 번에서 그치지 않으니까요. 사람은 만남의 과정 속에서 조금씩 '자기'를 드러내기 때문에 꾸미는 것에는 한계가 있습니다. 그래서 '습'이 된 태도, 온전히 자기 것이 된 인상이 중요한 거지요.

내면의 나를 만나는 가장 좋은 방법은 혼자만의 시간을 갖는 것입니다. 명상도 좋고, 혼자 여행을 떠나도 좋습니다. 그렇게 조금씩 나를 찾아간다면 건강한 생각과 마음이 온전히 드러나는 '얼굴'을 가질 수 있을 겁니다.

뒷담화 금지

저는 다시 태어나면 유랑 극단 단원이 되고 싶다고 생각할 정도로 떠돌아다니는 것을 좋아해서 여행도 참 많이 다녔습니다. 여행은 살던 곳을 벗어나 새로운 삶을 경험하는 것이다 보니 타인뿐 아니라 자신의 존재에 대해서도 좀 더 넓고 깊게 바라볼 수 있는 계기가 되지요. 이번에는 여행을 통해 새로운 문화를 접하면서 편견에 대해 다시 생각하게 된 이야기를 해볼까 합니다.

십여 년 전이었습니다. 가족과 남미 여행을 가게 됐는데 그곳에서 처음으로 '시에스타(라틴 아메리카 등지에서 이른 오후에 자는 낮잠 또는 낮잠 시간)'를 알게 된 거예요. 조금 늦게 점심을 먹으려고 식당을 찾아갔는데 그 식당은 문을 닫았고, 심지어는 암막 커튼이나 버티컬을 내려놔서 실내가 보이지도 않았습니다. 깜깜하게 해놓는다고 낮에 잠이 오나 싶어 이해가 잘 되지 않았지요. 식사는 밤 8시부터나 가능하다는 말을 전해 듣자 가족들 사이에서 자연스럽게 불평이 쏟아져 나왔습니다. 모두 돌을 구워줘도 먹을 정도로 배가 고팠거든요. 더 놀라운 점은 바캉스 시즌에는 식당 직원들이 돌아가며 휴가를 가서 짧게는 일주일, 길게는 보름까지 일을 하지 않는다는 것이었습니다. 우리나라 같았으면 한창 장사 잘되는 때에 휴가를 그렇게 길게 가는 것은 엄두도 못 내지요.

그곳에서 목격한 또 다른 특이한 것도 있었습니다. 지금은 인터넷이 워낙 발달해서 이 정도는 특이하다고 말할 수 없지만, 그 당시에는 찾아보기도 힘든 엉뚱한 모습이었습니다. 우리나라에서 70년대에 생산되었을 법한 낡은 구형 자동차가 온갖 색으로 칠해져 있었습니다. 심지어 문짝 네 개는 전부 다른 색이었고, 차 위에는 의자나 솥단지 같은 큰 짐들이 올라가 있었습니다. 그 희한한 차가 어딘가로 달려가는 겁니다. 나중에 알아보니 바캉스를 떠나는 거라고 하더군요. 낡고 구질구질해보이는 온갖 살림을 싸들고 색도 고르지 않은 낡은 차를 타고 바캉스를 떠나는 사람이라니. 한국이었다면 저게 뭐냐고 손가락질을 받았겠지요. 저 역시 그렇게 여행을 가는 사람들의 행색을 보며 속으로 희한한 사람들이라고 생각했고요. 하지만 그곳에서는 너무도 당연한 분위기였습니다.

그러다 문득 남의 생활 방식을 판단하고 있는 저 자신이 몹시 낯설고 이상하게 보였습니다. 왜 이런 불필요한 생각이 드는지 곰곰이 생각해보았어요. 그들은 나와 우선순위가 다르고, 생각하는 삶의 방식이 달랐던 것뿐인데 내 기준과 잣대로 그들을 판단하고 있었다는 사실을 깨달았습니다. 이 일은 한국 사회의 완고한 편견에 둘러싸여 살아왔던 제게 큰 깨우침을 주었습니다. '타인을 의식하지 않고 자신의 삶을 자신만의 방식으로 살아가라'는 답이 수학문제를 풀어 정답을 얻은 듯 선명하게 다가온 것입니다.

남들이 살아가는 일상에 대한 비판과 곱지 않은 시선을 주변에서 너무나도 흔히 발견할 수 있습니다. 해외에 오래 살았던 지인에게 들은 말인데, 줄을 서서 기다릴 때 내 앞에 몇 명이 남았는지, 내 뒤에는 몇 명이나 더 왔는지 확인하기 위해 목을 빼는 사람은 한국인뿐이라고 합니다. 그런다고 내 순서가 바뀌지 않는데 말입니다. 왜 그렇게 남의 인생에 관심이 많은 걸까요? 백 보 양보해 호기심이라고 쳐도, 왜 자꾸 거기에 참견하려고 하는 걸까요?

종종 타인의 시선으로부터 한없이 자유로웠던 4색 문짝 고물 자동차가 선연하게 떠오릅니다. 그 차의 운전자는 그저 형편에 맞게 자신이 꾸미고 싶은 대로 차를 꾸민 것이고, 쉬고 싶을 때 쉬러 달려간 것뿐입니다. 우리가 그를 나쁘게 볼 이유는 전혀 없습니다. '자신을 자유롭게 표현하는 사람들은 질서에 순응하지 못하고 사회에 혼란을 가져온다'는 편견은 결국 인간과 사회의 성장을 가로막습니다. 편견에 자연스럽게 동조하고, 고정관념으로부터 자유로운 사람들을 불편하게 바라보는 것은 어쩌면 스스로 자유롭지 못하다는 생각에서 나오는 질투가 아닐까요. 결국 극복해야 할 것은 바로 우리 안에 도사리고 있는 시기심일지도 모릅니다.

이런 편견을 당장 없애는 방법이 있습니다. 바로 뒷

담화를 하지 않는 것입니다. 뒷담화라는 것은 서로에 대한 이해를 전제에 두는 대화가 아니라 상대방을 더욱 이해하지 못하고, 배척하게 만드는 말입니다. 차별과 고정관념의 씨앗이 되고 불평등을 부채질하는 말이 바로 뒷담화입니다. 사회에서 약한 목소리가 짓밟히고 힘이 강한 목소리만 들리는 것도 뿌리 깊은 차별을 부추기는 '뒷담화'가 활약한 덕분이겠지요. 그러니 편견 없는 목소리를 내기 위해, 모든 목소리가 동등하게 존중받기 위해 '뒷담화 금지'부터 실천해보면 어떨까요.

말에는 치유의 힘이 있습니다

　　사실 자기소개는 굉장히 힘든 일입니다. 누구나 한 번쯤은 나를 뭐라고 소개해야 할지 고민해봤을 겁니다. 보통 누군가를 처음 만난 자리에서 자기소개를 하게 되는데, 사람과 사람이 처음 만났을 때는 보이지 않는 벽이 있잖아요. 이 벽을 허무는 좋은 방법 중 하나가 바로 날씨 이야기를 꺼내는 거예요. "오늘 날씨가 참 화창해요", "날씨가 포근하네요", "비가 오니 운치 있어요"와 같은 말들은 남녀노소를 불문하고 공감할 수 있는 말이라서 공통 화제가 되기에 충분합니다. 반대로 제일 위험한 것은 정치 이야기와 종교 이야기지요.

언젠가 공무원 연수원에서 자기소개 실습을 진행했습니다. 그날 실습을 하게 된 분들은 세 분의 여성이었습니다. 강연에 참석한 많은 공직자 가운데 공교롭게도 그분들은 모두 보건직 종사자들이었어요. 실습을 시작했는데 한 분이 나오시더니 눈물을 글썽이면서 자기 이름도 말하지 못하는 겁니다. 막상 나와보니 못하겠다는 말만 하고 있었어요. 저는 가르칠 때 굉장히 질기게 물고 늘어지는 편이라 끝까지 시켰습니다. 그분은 계속 망설이다가 "안녕하세요, 저는 ○○○입니다. 앞으로 말을 잘하고 싶습니다"하고는 자기소개를 끝냈어요. 딱 두 마디만 하고 자리로 들어갔습니다. 그래도 저는 칭찬했습니다. 그분의 입장에서는 굉장히 큰 용기를 낸 것이니까요.

두 번째 분도 시켰더니 앉았다 일어서기를 반복하고만 있는 거예요. 제가 계속 종용하니 마지못해 끝까지 다 하고 들어갔습니다. 자기소개가 별것 아닌 것 같지만 해내고 나면 묘한 성취감을 느낄 수 있어요. 성취감은 실제로 해내고, 느껴보지 않으면 모르거든요. 크든 작든 무언가를 이루어내는 경험은 흔하지 않고, 끝까지 해냈을 때 비로소 뿌듯함을 제대로 느낄 수 있습니다. 그 뿌듯함을 느꼈으면 하는 마음에 물귀신처럼 끝까지 붙잡고 늘어진 거지요.

　　세 번째 분이 나와서 자기소개를 하는데, 그분은 앉았다 일어섰다 정도가 아니라 갑자기 펑펑 우는 거예요. 우는 모습을 보고 있으려니 정말 괴로웠습니다. 저는 강의를 하려 했지 괴롭히려는 것이 아니었으니까요. 그런데 그 순간에는 '내가 저 사람을 괴롭히고 있구나' 하는 자책감이 들었습니다. 내색은 안 했지만 속으로 괴로워하고 있었지요.

　　그래도 그분만 안 시키는 것은 불공평하니 포기하지 않았습니다. 결국 그분도 울면서 끝끝내 자기소개를 했어요. 그분은 어릴 때의 이야기를 꺼냈습니다. 초등학교 때 회장 선거에 나갔다가 얼굴이 빨개져서 한마디도 못해보고 그대로 떨어졌대요. 우울한 마음을 안고 집에 갔는데 어머니가 "괜찮아. 그럴 수도 있지, 뭐. 그것만 해도 큰 용기야"라고 말해주지 않고 "그러게 계집애가 그런 데 나가서 망신이나 당하고. 왜 쓸데없는 짓을 하고 그래!" 하면서 타박을 주셨다고 합니다. 얼마나 울었는지 거기까지 말했을 때 그분 눈이 새빨개져 있었어요. 그때 이후로 그분은 거의 말을 하지 않고 오로지 공부만 해서 약사가 되어 지금의 자리에 오게 됐다고 했습니다.

수업이 끝나고 실습을 마친 분들과 함께 저녁을 먹었습니다. 그동안 참 많은 강의를 했지만, 그 자리에서 말의 힘에 대해 다시 느꼈습니다. 세 번째로 발표했던 분이 "제가 평생을 살면서 누구에게도 할 수 없었던 이야기를 하고 나니까 머릿속이 새하얘지는 느낌이 들었어요"라고 말하시는 겁니다. 자신이 가장 아팠던 부분을 털어내고 나니 개운해졌다는 거예요. 그때 말에는 치유의 힘이 있다는 생각이 들었습니다. 자신의 이야기를 스스로 입 밖으로 뱉을 때, 비로소 치유된다는 사실을 알게 된 거지요. 그 이후로 확실히 믿게 됐습니다. 좋지 않은 일들을 경험한 사람들은 침묵하면서 혼자 슬픔을 삭힐 것이 아니라 밖으로 드러내고 말할 수 있어야 한다는 것을 말입니다.

이처럼 자기소개를 할 때 평범한 신상 정보만 나열하지 말고 자신만의 이야기를 담으면 더 좋습니다. 기억에 남는 것은 물론 내가 몰랐던 나를 알고, 다친 줄도 몰랐던 상처를 낫게 하는 계기가 될 수도 있으니까요. 여러분은 자기소개에 자신 있나요. 새로운 사람을 만나게 된다면, 자신만의 이야기가 담긴 소개를 해보면 어떨까 싶습니다. 깨끗하고 말갛게 다가서는 마음을 발견할지도 모르니까요.

두 귀로 말하라

정치인, 연예인들은 말 한마디 한마디가 중요해서 무슨 말만 해도 기사화가 됩니다. 토씨 하나하나가 어떤 의미를 담고 있는지 대중들이 분석하기도 하고요. 말은 이해하기 나름이라 받아들이는 사람의 생각과 태도에 따라 의미가 크게 달라지기도 합니다. 그래서 좋지 않은 의도로 내뱉은 명백한 실언도 분명히 있지만, 그런 뜻으로 한 말이 아닌데도 해석의 차이 때문에 '말실수'로 불리며 오해를 받는 경우도 많습니다. 말은 화자의 의도대로 온전히 전해지기가 어렵습니다. 그러니 말의 무게가 무겁다는 이야기가 나오는 것이고요. 스포트라이트를 받는 그들뿐만 아니라 일상을 살아가는 우리들이 하는 말의 무게 또한 결코 가볍지 않습니다.

말실수가 종종 벌어지는 이유는 끊임없이 말을 내뱉기 때문이라는 생각이 듭니다. 원래 사람은 진화하면서 생존을 위한 서로 간의 소통이 필수적이었거든요. 그래서 말하기를 참 좋아합니다. 과묵한 사람들도 실은 말하고 싶은 본능이 내재되어 있지요. 그러니 세상에 얼마나 말들이 많겠습니까. 말이 많은 만큼 실수가 많은 것도 당연합니다.

'두 사람이 이야기를 나눌 때는 항상 제삼자가 듣기 마련이며, 그 제삼자가 바로 침묵이다. 침묵을 통해서 말은 충만해진다.'

막스 피카르트가 쓴 책 《침묵의 세계》에 나오는 말입니다. 침묵을 지키며 상대방의 말을 들으면 그다음 말이 깊고 충만해진다는 이야기지요.

그러니 말실수를 줄이고 싶다면 '두 귀로 말하는' 습관을 가져야 합니다. 예를 들어 누군가와 대화할 때 내가 먼저 입으로 소리를 내면서 대화를 시작했다면, 상대방은 두 귀로 들으며 그 대화에 참여하게 됩니다. 이 대화에서 나는 '입' 역할을 맡은 것이고, 상대방은 '귀' 역할을 맡은 것입니다. 보통의 좋은 대화라면 서로가 '입'과 '귀' 역할을 번갈아 맡으며 말을 이어나가겠지요.

그런데 대화를 할 때 '입'만 자처하는 사람들이 있습니다. 말실수는 말을 하면서 나오는 것이라 말을 많이 할수록 생각했던 것보다 과잉된 말들이 쏟아져 나오는 경우가 많습니다. 또 서로 번갈아가면서 말을 하다가 대화가 끊긴 상황에, 침묵을 견디기 힘들다는 이유로 아무 말이나 하는 사람들도 많습니다. 이때가 사실 실수하기 가장 좋은 상황이에요. 상황에 맞지 않는 말, 불필요한 말을 하게 되니까요. 가끔은 무의식적으로 생각한 것을 대뜸 내뱉어버리기도 합니다. 이런 정제되지 않은 말은 상대방에게 상처를 주기 쉽습니다. 그렇게 말실수를 하게 되는 것이지요.

우리는 두 개의 귀를 가지고 말을 듣고, 생각을 정리하고, 해야 할 말을 마음과 두뇌로 정합니다. 우리에게 입이 하나고 귀가 둘인 이유는 그만큼 잘 들어서 오해 없이 이해하라는 뜻입니다.

그러니까 목소리를 내는 것보다 더 많이, 더 자주 들어야 합니다. 귀는 목소리를 내지 않습니다. 상대방을 향해 열려 있을 뿐입니다. 결국 두 귀로 말한다는 것은 상대방의 말을 곡해 없이 온전히 받아들인다는 것이고 꼭 필요한 말, 하고 싶은 말이 있을 때 실수하지 않고 한다는 의미지요.

　　말은 입으로 하는 것이지만, 진정한 대화와 소통은 입만으로는 할 수 없습니다. 귀로 듣고 이해하는 것이 필수적이지요. 괴테 역시 막스 피카르트와 비슷하게 '언어는 성스러운 침묵에 기초한다'고 말했습니다. 불필요한 말을 줄인 뒤, 더 많이 듣고 받아들여보세요. 침묵이 가져다주는 힘이 분명히 있습니다. 침묵과 친해지고, 그 힘을 잘 활용했을 때 비로소 우리는 '진정한 대화'를 할 수 있습니다.

풍성하게 말하면
반응도 풍성해집니다

예전에 아이들 말하기 프로그램을 운영하면서 지켜본 결과, 조용한 가정의 아이는 조용한 성격으로 자랍니다. 무슨 일이 생기든 표현을 거의 하지 않는 부모들이 있는데 그런 부모 밑에서 큰 아이들은 말을 잘 안 해요. 반대로 대화가 많은 집안, 항상 모여서 시시콜콜 이야기하고 때로는 다투기도 하면서 감정의 교류가 활발한 가정은 아이들이 쓰는 표현이 다채롭고 자유롭습니다. 말도 잘하고요. 수없이 대화를 나누면서 아이들의 두뇌 활동이 왕성해져서 그렇습니다.

어떤 부모가 아이를 기계처럼 대답만 하는 어른으로

키우고 싶겠어요? 좀 더 창의적이고 똘똘하게 성장하길 바라지요. 그래서 나름대로 공부하고 돈을 써서 여러 자극을 주려고 하지만, 사실 '사람을 움직이게 하는' 말을 잘하는 아이가 되려면 부모와의 상호 작용이 참 중요해요.

제 첫째 아이는 말을 적극적으로 잘하는데, 둘째 아이는 수줍어하고 한동안 말하는 것을 부끄러워했어요. 두 아이 사이에 이 년 터울이 있는데, 제가 상대적으로 첫째와 이야기를 많이 하다 보니 첫째가 말도 빨리 트이고 지금까지도 말하기를 좋아하는 겁니다.

지금도 가을에 단감이 열릴 때가 되면 첫째 아이가 했던 말이 생각납니다. 어느 날 아이가 "엄마, 단감 씨에 숟가락이 있다?" 그러는 거예요. 그래서 단감을 쪼개 씨를 발라서 유심히 봤어요. 거기에는 씨가 들어 있던 방이 숟가락처럼 하얗게 있었습니다. 저는 단감을 평소에 즐겨먹었는데도 그 것을 제대로 본 적이 없거든요. 아이는 그 모양이 있는 줄 어떻게 알았을까요? 또 감에 숟가락이 있다는 표현을 어떻게 생각해낼 수 있었을까요? 그 관찰력과 상상력이 참 신기했습니다.

예전에 유아 교육하시는 선생님들께 이런 이야기를 들었습니다. 인간의 뇌는 피부와 가장 밀접하게 연결되어 있어서 피부를 자극하면 뇌를 자극하는 효과가 있다고요. 그래서 사랑을 많이 받은 아이들이 영리하다고 해요. 부모들이 아이들의 궁둥이도 두들기고, 자꾸 만져주고, "어이구, 예쁜 내 새끼"라고 말하면서 언어로, 신체적으로 표현하잖아요. 그런 표현이 아이들에게 긍정적인 효과를 준다는 겁니다.

사랑을 하면 예뻐지는 이유도 같은 맥락이에요. 뇌가 자꾸 자극되니까 호르몬 분비가 많아져서 그런 겁니다. 부부든 연인이든 사이가 좋은 사람들은 스킨십이 자연스럽고, 많잖아요. 신체적 접촉이 뇌를 자극하고 촉진하는 힘이 되어서 그렇습니다. 그래서 요즘은 아이들에게 밀가루 반죽도 시켜보고 다양한 촉감을 가진 물건들을 만지게 하면서 촉감 교육을 많이 한다고 해요.

저도 딸 때문에 촉감 프로그램에 참여해본 적이 있는데, 아이들마다 질문에 대한 대답이 달랐습니다. 수업하면서 "이거 만져보니까 어때요?"라고 물어보면 어떤 아이들은 단순하게 "좋아요"라고 말해요. 그런데 같은 질문에 여러 가지 단어를 써서 표현하는 아이들도 있습니다. "차가워요", "물컹물컹한데 꼭 지렁이가 꿈틀대는 것 같아요" 등등. 굉장히 긴 문장으로 자기의 느낌을 표현하는 아이들도 있고요.

앞에서도 이야기했듯이 부모가 아이에게 얼마나 언어적으로 자극을 주었는가, 평소에 얼마나 스킨십이나 상호 작용을 많이 했는가가 아이가 가진 표현의 폭을 결정합니다. 그러니 부모라면 단어를 풍부하게 써서 말하는 연습을 하고, 아이에게 말을 많이 걸어주어야 합니다. 아이가 다양한 단어를 통해 더 많은 간접 경험을 할 수 있도록요. 또 아이를 다정하게 꼭 껴안아주고, 손을 잡아주고, 새로운 물건들을 만지고 쓰다듬으며 놀 수 있도록 해주어야 해요.

아이뿐만 아니라 어른도 마찬가지입니다. 강의를 하다 보면 말을 단순하게 하는 어른도 꽤 있습니다. 예를 들어 "오늘 점심은 어떠셨어요?"라고 물어보면 "맛있었어요." 간단하게 대답하고 끝이에요. 또 "어제 하루는 어떠셨어요?"라고 물어보면 "좋았어요", "별일 없었습니다"라고 말하고요. 자기 감정이나 생각을 풍성하고 다양하게 표현하지 않는 겁니다. 물론 낯설어서 그러는 사람도 있겠지만, 그와 별개로 자신의 감정을 잘 드러내지 않는 사람들이 많습니다. 그나마도 단순하게 정의하고 표현하고요.

반대로 똑같은 음식을 먹어도 그 맛이나 먹는 방법을 정말 잘 표현하는 사람들이 있습니다. 예를 들어 이영자 씨 같은 경우 음식 표현할 때 의성어나 의태어를 굉장히 많이 씁니다.

"고기가 이따만 해. 그리고 그걸 다 먹으면 거기다 된장찌개를 끓여줘. 마지막에 딱 요만하게 두부 송송송 썰어가지고. 그걸 딱 먹으면 정말 교도소에서 나온 느낌이라니까! 거기다가 소주 한잔 걸치면…… 캬!"

이렇게 말하면 '저게 무슨 맛일까? 무슨 맛이길래 저런 소리가 나올까?' 이런 생각이 저절로 들지요. 같은 것을 먹어도 "맛있어요", "그냥 고기 맛인데……." 이런 무심하고 평범한 말보다 훨씬 좋지 않나요?

평범한 말은 평범한 반응밖에 이끌어내지 못합니다. 반대로 살아 있는, 생동감 있는 말은 사람의 마음을 움직이게 하고 반응을 유도합니다. 화려하고 장황하게 말하라는 것이 아니라, 솔직하게 구체적으로 표현하라는 겁니다. 한 사람이 내뱉는 말과 인생은 닮아 있다고 하잖아요. 그러니 당신의 삶을 넉넉하게 표현해보세요. 더 충만한 삶이 따라 올 테니까요.

꼰대들이여,
인생은 외줄 타기처럼

예전에도 그랬지만 요즘은 무슨 말만 하면 꼰대라고 하고, 싸가지 없다고 합니다. 세대 간 갈등이 없었던 적은 없지만, 이렇게까지 소통이 어려운 때는 없었던 것 같습니다. 사회가 너무 빨리 변해서 그런 것일까요. '틀딱'이니 '급식충'이니 한 세대를 통으로 묶어서 규범화하려는 시도도 극단적이지요.

저는 개인적으로 '싸가지 없음'과 '꼰대 같음' 중 '꼰대 같음'이 더 문제인 것 같습니다. '싸가지 없음'은 배워나가면서 개선할 수 있다고 생각하는데, '꼰대 같음'은 자신의 사고와 생활 방식에 너무나 익숙해져서 스스로 정해둔 기준과 잣대에 자신을 옭아매고 상대방까지 그 안으로 끌어들이려고 하니까요. '싸가지 없는 사람'은 제멋대로 살 뿐 적어도 다른 사람의 인생에 감 놔라 배 놔라 참견은 안 합니다. 하지만 '꼰대'라고 불리는 사람들은 대개 이때까지 쌓인 자신만의 삶의 경험을 부정하기 어렵기에 자신이 틀렸다고 생각하는 사람이 잘 없습니다. 저도 나이가 들어서 그러지 말아야겠다는 생각이 드네요.

꼰대들이 '나 때는 말이야'라는 말을 참 많이 하는데, 이 말만큼 소용없는 말도 없는 것 같습니다. 하루가 다르게 바뀌는 사회에서는 이 말이 얼마나 권위적이고 불필요한지 뼈저리게 느껴지지요. 저도 지나간 시간을 되짚어보는 나이에 이르렀지만, 저처럼 살라고 모두에게 강요할 수는 없습니다. 온전히 제가 선택한 삶이고, 그 시대를 같이 살아온 사람이라고 해서 모두 나와 같은 삶을 선택한 것도 당연히 아니었으니까요. 무엇보다 인생을 사는 데 있어서 누가 옳다 그르다, 맞다 틀리다를 정할 수 있겠어요. 그러니 자신으로서는 도무지 이해가지 않는 타인의 삶이 있다고 한들, 그걸 애써 이해하려고 할 필요가 없습니다. 그저 있는 그대로 존중하는 것이 나의 삶도 함께 존중하는 길이라고 생각합니다.

말하기도, 인생도 외줄 타기에 비유할 수 있습니다. 한 발 한 발 어떻게 딛느냐에 따라서 뚝 떨어질 수도 있고, 아슬아슬하게 희열을 느끼며 목적지에 갈 수도 있지요. 그것을 지켜보는 사람들은 박수를 치기도 하고, 같이 놀라기도 합니다. 가끔은 떨어지더라도 다시 내딛는 그 한 걸음이 중요하고요.

꼰대들의 특징은 끊임없이 직진한다는 것입니다. 외줄 위에 서서 이쪽에서 저쪽까지 걸어가기만 하는 것이 목적인 셈입니다. 그들은 한 방향을 향해서만 일관적으로 달려왔기 때문에 다른 것을 볼 여유가 없어요. 자신이 목표로 하는 지점만 바라보니까 내가 가는 길이 유일한 정답이라고 생각하지요. 그래서 다른 사람들도 그 정답을 향해 함께 가야 한다고 강요하는 겁니다.

하지만 외줄 타기가 어디 이쪽에서 저쪽으로 걸어가기 위한 놀이던가요? 외줄 타기 고수들을 보세요. 잔걸음을 걸을 때도 있고, 두 걸음을 내지를 때도 있고, 줄의 반동을 이용해서 묘기 같은 점프를 뛸 때도 있습니다. 그들의 공통점은 한 발 한 발을 신중하게 뗀다는 것입니다. 그리고 어떨 때는 엉덩이를 깔고 앉아 쉬기도 하지요.

　　인생도 말하기도 그렇게 쉬면서 여러 가지 상황을 어림잡으며 생각해야 합니다. 그래서 아슬아슬 잔걸음을 걷다가도 주변의 반응을 살펴보고, 때론 앉아서 여유롭게 노래를 부르는 외줄 타기 고수를 닮는 것이 인생의 한 가지 팁이 되지 않을까 싶습니다.

　　제가 중요하게 생각하는 개념 중 하나는 다양성이에요. 우리가 살고 있는 지금 이 시대에는 특히 열린 생각, 수용적인 태도가 필요합니다. 디지털화된 현대의 세상은 예전 세대 사람들이 상상하지 못했던 삶이지요. 즉 기존에 경험하지 못했던 세계에서 살고 있다는 말입니다. 여기에서 윗세대가 할 수 있는 최선은 이를 수용적인 태도로 받아들이는 것입니다. 이것이 제가 '꼰대'라고 지칭되는 사람들이 먼저 바뀌어야 한다고 생각하는 이유입니다. 하루 단위로, 시간 단위로 바뀌는 세상에서 옛날 것만 옳다고 붙잡고 있으면 뒤처지지 않겠어요? 하나뿐인 외줄 위에서 이런저런 묘기를 부리듯이, 하나뿐인 인생에서 이런저런 시도를 해봐야겠지요.

표정이 하는 말

　해외를 돌아다니며 터키 사람들의 표정이 특히 밝다
고 생각했습니다. 터키 남자들은 보통 느끼하다는 선입관
이 있잖아요. 버터를 열 숟가락 정도 발라놓은 것 같은 미소
부터 그렇지요. 또 터키 남자들이 금방 사랑에 빠진다고 '금
사빠'라는 우스갯소리를 하곤 하는데, 왜 그러냐면 보는 여
자마다 "네가 마음에 든다. 결혼하자"고 수시로 말하거든
요. 곧 자국으로 돌아갈 여행객임을 알고도 그런 농담을 던
지는 것은 특유의 유머러스함과 친절이 말로 드러난 것이
아닐까 싶어요. 터키를 떠올릴 때면 그들의 환한 표정부터
생각나지요. 표정이 하는 말은 입으로 하는 말보다 전염력

과 설득력이 높아서, 그 표정을 보고 있노라면 저 역시 유쾌하고 친절해지는 느낌이 듭니다.

살면서 본 몇몇 잊을 수 없는 표정에 대한 기억을 소개할까 합니다. 저는 꾸준히 한국희망재단이라는 곳에서 재능 기부를 하고 있어요. 아시아와 아프리카 현지에 센터를 두고 청소년과 여성들, 가난한 이웃들에게 직접 지원을 하는 곳인데, 저 역시 현지 방문 기회를 얻게 돼서 세부에 갔습니다. 사진에서 보던 것처럼 그곳은 정말 도넛 같은 구조의 섬이었습니다. 바닷가 주변 외곽의 동그란 곳에는 전부 리조트나 호텔이 들어서 있었습니다. 그야말로 아름다운 해변에 위치한 휴양 도시의 정석이랄까요. 그런데 섬 한가운데는 빈민 소굴이었습니다. 여기서 어떻게 사람이 살까 싶을 정도로 형편없었지요.

재단에서 지원하는 아이가 사는 한 오두막에 방문했는데, 말이 오두막이지 그저 나무를 듬성듬성 쌓아올린, 집이라고 할 수 없는 집이었어요. 테이블 한두 개 들어가면 꽉차는 크기의 협소한 원룸 같았습니다. 도대체 여덟 명이나 되는 식구가 어떻게 잠을 자는지 궁금했어요. 그 아이 엄마에게 물었더니 "통조림처럼 자요"라고 대답하는 겁니다. 서로 몸을 포갠 채 켜켜이 잔다는 의미인 것 같았습니다. 아무리 가난하고 어렵다고 해도 관광 휴양지로 유명한 세부에서 그 정도의 상황이 벌어지고 있을 줄은 몰랐습니다. '통조림처럼 잔다'는 말도 충격적이었지만, 아이의 엄마가 짓던 무구한 표정이 좀처럼 잊히지 않았습니다. 상상하기 어려운 불편함이 익숙한 듯, 어쩌면 체념한 것 같은 그 표정이 더 많은 설명을 해주고 있는 것 같아 괜히 미안해지기도 했지요.

다른 현장에도 방문했는데, 무덤에 사는 가족이었습니다. 지붕이 있는 가옥형 무덤에서 날마다 술에 절어 있는 남편과 갓 20대가 되었을법한 부인, 다섯 명의 아이가 살고 있었어요. 젊은 부인의 퀭한 눈빛과 아이들의 얼굴이 지금도 잊히지가 않습니다. 충격도 그런 충격이 없었지요. 이 사람들은 시체 위에 살림을 펴고 살고 있었습니다. 심지어 그 좁아터진 곳에서 아이가 다섯 명이라는 것이 말이 되나요. 깡마른 다섯 아이의 엄마가 아이를 저에게 건네주면서 배시시 웃는데, 그처럼 서글픈 웃음을 본 적이 없었습니다. 아내와 아이들이 너무 측은해서 아기 좀 그만 낳으라고 했더니, 천주교 국가라서 낙태가 금지되어 있다고 대답하더군요. 그때 문득 자신의 삶에 대한 결정권을 잃어버린 가난한 세부 여성의 얼굴과 예전에 상계동에서 만났던 A어머니의 얼굴이 겹쳐 보였습니다. 행복을 잃어버린 사람의 얼굴은 국적과 상관없이 닮았다는 슬픈 생각이 들었습니다.

제가 만났던 사람들의 결코 잊을 수 없는 표정이 하나하나 떠오릅니다. 표정을 떠올릴 때마다 그 사람들의 감정도 함께 떠오르고요. 터키 사람들의 해맑음과 바닥보다 밑에 있는 지하의 삶을 사는 세부 사람들의 어려움을 되새기며, 우리 주변 사람들의 표정을 다시 한번 살펴보게 됩니다. 무심코 지나친 눈빛이, 미세한 표정이 무엇을 말하는지 읽을 수 있도록 말이에요. 표정은 한마디 말보다 많은 것들을 담고 있으니까요.

동물과의 교감은
또 하나의 행복한 대화입니다

저희 집에 규남이라는 반려견이 있습니다. 아들이 한참 힘들었을 때 강아지가 있으면 의지가 될 것 같다고 해서 삼 년 전에 데리고 왔어요. 그래서 유기견 센터에 갔는데, 막상 도착하니까 개 농장 같은 곳이었다고 해요. 작은 연립주택에 강아지 30마리 정도가 우글거리고 있더랍니다. 찜찜하지만 일단 들어갔는데 규남이가 아들 무릎 위에 딱 올라와서, 그냥 얘를 데리고 가기로 결정한 뒤 요구하는 돈을 주고 데려왔습니다.

그 전에 규남이를 데려올지 말지에 대해서 가족 회의를 했는데 남녀로 의견이 갈라졌어요. 제 남편은 50대가 되면서 갱년기가 온 건지 외로움을 탔나 봅니다. 어디 갈 곳도 없고 우리 집에서 자신을 반겨주는 사람도 없으니 강아지라도 기르고 싶다고 했습니다. 지금도 세상에서 자기를 반겨주는 것은 규남이밖에 없다면서 아주 좋아해요. 그렇게 남자 둘은 찬성을 했는데 저랑 딸, 여자 둘은 현실적으로 불가능하다고 반대했어요. 책임의 무게가 너무 크다고 생각했거든요. 누구든 처음에는 잘 돌보고 싶어 하지만, 막상 해보면 쉬운 일이 아니잖아요? 딸은 자기가 개털 알레르기가 있는 것 같다면서 신중하게 결정하자고 했습니다.

오랜 논의 끝에 규남이를 데려왔을 때, 처음에는 또 다른 아이를 키우는 것 같았습니다. 보통 할머니 할아버지들이 손주를 참 예뻐하시잖아요? 손주를 보면 당신들 자식에게 잘 못해줬던 것이 생각나 손주에게나마 해주고 싶다고 해요. 그렇게 손주는 정말 눈에 넣어도 아프지 않은 아이가 되는 거지요. 그런 것처럼 저도 규남이를 데려오고 나서부터는 아이들을 기를 때 못해줬던 것들을 해주고 싶었습니다. 그런데 정말 아이들 어릴 때하고 똑같이 행동하더라고요. 기저귀 뗄 때처럼 훈련하기 전까지는 오줌도 아무 데나 싸고요.

힘들고 번거로운 일이 없는 것은 아니지만, 그걸 다 잊어버릴 정도로 규남이가 전해주는 큰 위로가 있습니다. 가족들에게 화가 나거나 속상한 일이 있으면 어느샌가 규남이에게 말을 걸게 됩니다. "야, 네 아빠 왜 그러니?" 이러면서요. 아이들이 속상하게 할 때도 마찬가지예요. "네 형은 대체 언제 정신 차리려고 저러니?" 합니다. 대상이 누구든, 정을 붙인 존재에게 속내를 털어놓고 나니까 정말 사람과 대화한 것처럼 속이 후련해졌습니다.

코로나19 이후로 부부싸움을 한 적이 있어요. 둘 다 재택근무를 하면서 집에만 있으니까 서로 스트레스를 많이 받은 겁니다. 소리를 빽 지르고 난 뒤 처음으로 일주일 동안 남편이랑 말을 안 했습니다. 그러니까 아이들이 불편함을 호소하는 거예요. 그런데 남편에게도 저에게도 투덜거리기만 하지 냉랭함을 풀어줄 생각은 안 합니다. 우리 아들은 한 술 더 떠서 독립하고 싶다는 식으로 이야기하고요. 다들 자기 입장만 말하는 거예요.

남편도 그런 상황에서 선뜻 미안하단 말을 못하겠는지 서재에 들어가서 나오질 않았습니다. 근데 규남이가 남편이 들어가 있는 서재 문을 박박 긁으면서 나오라고 끙끙

거리는 거예요. 그걸 보고 속으로 '어휴, 개도 와서 마음을 풀어주려고 하는데. 정말 규남이 너밖에 없다'고 생각했습니다. 이후에 남편이랑 화해하면서 '규남이가 없었다면 싸움이 좀 더 길어졌을 거다, 보름 이상은 당신 얼굴을 보지 않았을지도 모른다'라는 이야기도 했습니다.

규남이는 제대로 된 환경에서 자라지 못해서인지 어둠을 무서워해서, 처음 집에 왔을 때 밤만 되면 많이 짖었습니다. 한 방에 크고 작은 개가 30마리씩 모여 있고, 불은 꺼져 있고. 그런 곳에서 두 달을 자랐는데 얼마나 무서웠겠어요. 그래서 소리에 굉장히 예민했고, 밤이 되면 불안해했습니다. 그런데 매일 사랑스럽게 만져주고, 사람들이 따뜻한 목소리로 불러주니까 많이 안정됐습니다. 그때 트라우마는 사람이나 동물이나 지속적인 관심과 사랑으로 극복할 수 있음을 알았지요.

사실, 규남이 이전에 오래전에 먼저 보낸 강아지가 있습니다. 어릴 때 이십 년 가까이 길렀거든요. 그때는 부모님이 맞벌이하시고 저는 학교 다니니까, 지금처럼 열심히 산책을 시키지도 못해서 강아지가 집에만 있었습니다. 잘 돌보지 못하다 보니 어머니가 그 강아지를 다른 집에 분양해줬습니다. 제 가족이 운영하던 가게의 대각선에 있던 3층 집이었는데, 이 강아지가 어느 날 어머니 목소리를 듣고 3층 창문에서 뛰어내린 겁니다. 그러고는 스스로 놀랐는지 아무렇게나 정신없이 달리기 시작했어요. 엄청나게 멀리까지 뛰어가서, 어머니도 덩달아 놀라 강아지를 찾는다고 맨발로 막 뛰어갔지요. 결국 지금의 녹사평역 근처에서 찾았습니다. 그 사건 이후로 강아지를 잠깐 기르던 분이 못 기르겠다고, 도로 데려가라고 그랬고요.

그 일이 있고 나서 강아지가 죽을 때까지 같이 살았습니다. 오래 살다 보니 암도 생기고, 노안도 오고 그래서 할 수 없이 안락사를 했습니다. 그때만 해도 동물 병원이 거의 없었는데, 제가 살았던 동네에 유명한 동물 병원이 있었어요. 거기에 강아지를 데려갔더니 의사 선생님이 더 살기는 어렵다고, 안락사를 하면 고통스럽지 않다고 말했던 기억이 납니다. 그때 그 강아지를 보내면서 잘 보내달라고 의사 선생님에게 편지를 썼습니다. 지금이야 반려견 장례식장 같은 것들이 굉장히 잘 되어 있지만 그땐 맡기면 알아서 해주는 시스템이었어요. 떠나보내며 안았던 강아지의 체온이 지금도 느껴지는 것 같습니다. 이전에 보내준 아픔이 있어서 다시는 강아지를 기르지 않겠다 생각했는데, 규남이를 만나니까 아픈 기억이 조금씩 나아지면서 새로운 인연이 반갑게 다가오는 느낌입니다.

강아지는 의료 보험이 따로 없어서 병원에 가게 되면 치료비가 비쌉니다. 하지만 그것이 하나도 아깝지 않을 만큼 규남이가 주는 행복, 충만함이 너무나 큽니다. 이런 반려견이 있다는 것 자체가 삶에 얼마나 큰 위로가 되는지 몰라요. 가끔은 사람보다 동물에게서 위로받는 것이 더 따뜻한 것 같기도 합니다. 강아지의 체온이 사람보다 높아서 그럴 수도, 강아지가 사람보다 더 순수하고 따뜻한 마음을 가져서 그럴 수도 있겠지요.

그러니 가끔은 저처럼 반려동물에게 말을 걸어보세요. 뒹굴거리는 발에 대고, 산책하고 있는 뒷모습에 대고 이 이야기, 저 이야기하다 보면 깊은 내면의 목소리가 불쑥 튀어나올 때가 있습니다. 정제되지 않은 말을 듣고도 그저 순하게 쳐다보는 표정을 보고 있자면 어느 샌가 모난 마음이 둥글게 다듬어진 것을 느낄 수 있습니다.

4장

사무친 사연들은
꽃이 됩니다

잘되고 싶어서 하는 일과
궁금해서 하는 일

호기심을 가지는 일은 굉장히 중요합니다. 호기심이 새로운 일을 벌일 수 있는 힘을 만들어주기 때문입니다. 살다 보니 잘해서 하는 일은 없는 것 같다는 생각이 듭니다. 잘되고 싶어서 하는 일과 좋아서 하는 일, 그리고 궁금해서 하는 일이 있을 뿐이고 이것들이 다양한 결과물을 만들어내는 것이지요. 이때 좋아서 하는 일을 하면 결과가 좋아지기 쉽고, 궁금해서 하는 일은 뜻밖의 결과를 만들어냅니다.

최근 제 호기심이 만들어낸 뜻밖의 결과를 말씀드리자면, 단역이긴 하지만 영화를 찍었습니다. 배우라는 세계를 경험한 것이지요. 오디션도 봤습니다. 시골 아줌마 역에

도전하려다가 제가 너무 지적(?)이어서 옆집 아줌마 역을 맡게 되었습니다. 놀랍게도 상대 배우는 조진웅 씨입니다.

영화, 연기라는 세계를 경험해보았다는 것만으로도 참 신선했습니다. 대본 리딩 연습, 배우의 대기 시간, 촬영 진행 상황, 똑같은 장면을 가까이서도 찍고 멀리서도 찍으며 몇 시간째 반복하는 모습, 옥에 티가 나오는 이유, 스태프들의 고생까지 정말 새로운 경험이었지요.

"옆집 아줌마 역을 맡으신 최광기 배우님이십니다."

지금까지는 누군가에게 제 자신을 소개하거나 혹은 소개받을 때마다 사회자 혹은 강사라는 단어만 따라왔는데, 배우로 소개받아본 적은 처음입니다. 굉장히 짜릿한 경험이었습니다. 이런 경험을 누가 해보겠습니까. 제가 도전해보겠다고 하고 해냈으니까 알게 된 것이지요.

살면서 후회되는 일이 많기는 하지만 동시에 후회 없이 살았다는 생각도 듭니다. 해보고 나서 한 후회니까요. 이처럼 진짜 후회하지 않기 위해서는 여전히 시작할 수 있다는 마음과 열린 태도를 갖는 것이 중요합니다. 두려워하지 말고, 잘하려고 하지 말고 그냥 나답게 부딪히는 것이 핵심입니다. 잘되고 싶고, 잘하고 싶어서 하려고 하면 자신에게 부담이 되니까요.

'단역 배우인데, 뭐. 여우 주연상을 받을 것도 아니잖아.' 이런 마음으로 최선을 다해 열심히 하고, 일을 즐기면서 하다 보니 뜻밖의 결과가 생기면서 마음이 풍요로워지는 느낌이 들었습니다. 그러니 저처럼 호기심이 생기는 새로운 일에 도전해봤으면 좋겠습니다.

저는 90년대, 2000년대 때 이슈가 되는 일들을 많이 하면서 새로운 도전을 시작했습니다. 빅 우먼 패션쇼의 사회를 보고 모델도 했지요. 빅 우먼 패션쇼는 차별과 편견을 버리자는 취지에서 만든 패션쇼였습니다. 그때까지만 해도 키 크고 뚱뚱한 사람들에게 맞는 옷이 많지 않았습니다. 이태원에 가서 옷을 살 수 있긴 했지만, 제대로 된 옷은 별로 없었어요. 그것 또한 차별이라는 생각이 들었습니다. 그래서 유쾌한 퍼포먼스를 통해 우리 사회에 있는 편견과 차별에 대한 화두를 던지겠다는 생각으로 쇼를 진행했습니다.

그런 일들을 직접 하지 않았다면 지금까지도 그분들

의 고충을 완벽하게 이해할 수 없었을 겁니다. 이처럼 인권 감수성을 머리로 익히는 것과 몸으로 느끼는 것은 완전히 다릅니다. 몸으로 부딪혀서 느끼면 훨씬 더 이해가 빠르지요. '그랬구나, 저런 고통이 있었고 저런 시선을 견디면서 살아왔구나.' 그런 생각을 하다 보면 감수성은 자연스럽게 키워집니다. 늘 역지사지의 태도를 갖자고 이야기하는 이유가 여기에 있습니다. 내 입장에서만 생각하지 말고 상대방 입장에서 생각해보면, 많은 것이 달라지니까요. 그리고 상대방의 입장에서 생각해보기 위해서는 직접 체험하는 것만큼 좋은 방법도 없지요.

잘되고 싶어서 하는 일과 좋아서 하는 일, 사람들은 보통 이 두 가지 일을 합니다. 그러나 궁금해서 무언가를 하는 사람들은 많지 않습니다. 괜히 시간 낭비라는 생각을 하거든요. '한 우물만 파기도 힘든데 궁금하다고 저 일에 도전했다가 "안" 되면 어떻게 해' 같은 생각 때문에 그 길에 발을 들여놓지도 않고 지레 포기합니다. 그런데 의외로 '안' 됐을 때도 새로운 경험과 함께 생각지 못한 결과가 나옵니다. 그러니 궁금한 일이 있다면 나중에 그만두어도 되니 일단 한 번 해보세요. 뜻밖의 결과에 웃음 짓는 날이 올 거예요.

약자라고 불리는 사람들이 하는 말

요즘 부쩍 '감정 노동자'라는 말이 많이 들립니다. 노동의 형태가 굉장히 다양해지면서 나온 단어이지요. 이처럼 우리의 안락하고 편안한 생활 속에는 누군가의 희생과, 누군가의 고통과, 누군가의 절망이 깃들어 있습니다. 얼마 전에 돌아가신 아파트 경비원의 뉴스를 접하면서 '세상에는 다양한 형태의 갑질이 있지만, 저건 갑질 그 이상이다'라는 생각을 했습니다. 갑질이라는 것은 적어도 제대로 된 관계 속에서 벌어지는 일인데 이 사건에서는 정상적인 관계가 아님은 물론이고, 범죄의 영역까지 간 문제였으니까요.

음성으로 유서를 남기신 것을 보니, 그분은 유서를

글로 쓰시기조차 어려우셨나 봅니다. 음성 유서에서 그분의 절박함이 느껴졌습니다. 얼마나 출근하고 싶지 않았겠습니까. 그럼에도 불구하고 두 딸을 기르기 위해, 밥벌이를 위해 싫어도 일을 하러 가셨을 겁니다. 진짜 죽기보다도 싫은 그 이십여 일의 시간 동안 그 아파트를 다니면서 그분은 어떤 마음이었을까. 그런 생각을 하면 정말 괴롭습니다.

많은 사람들이 그분의 떨리는 목소리를 듣고 우리 사회의 부조리함, 부당함 그리고 그에 따르는 사회의 책임과 처벌 수위에 대한 분노를 크게 표출했습니다. 그런데 사실 저는 그분의 유서를 들으면서 다른 생각을 했어요. 왜 이런 분들은 마지막 순간에도 고마움을 잊지 않을까요. 제가 만약 그분이라면 그동안 겪었던 서러움과 부당한 처우를 밝히고 싶고, 분노와 억울함으로 피를 토하다 갈 것 같은데…….

○○○ 엄마 고마워요. ○○ 슈퍼 누님, ○○ 세탁소 형님, ○○○호 사모님 정말 감사해요.

죽어서도 그 은혜를 갚을게요.

저는 이 말이 듣기 괴로웠습니다. 이분들이 뭘 얼마

나 해줬길래 죽어서까지 은혜를 갚겠다고 하는 겁니까. 이렇게 가장 선한 사람, 선량한 사람들은 그저 나와 같이 있어줘서 고맙다, 나를 기억해줘서 고맙다, 나를 도와줘서 고맙다. 이런 말만 하고 가버립니다. 그래서 저는 그렇게 돌아가신 분들에게 화가 납니다. 좀 모질게 살지. 그렇게 고마운 사람들이 많으면 살아서 그 은혜를 갚지. 얼마나 힘들면 그랬겠나 싶지만, 왜 하필 죽음을 택하셨을까 생각을 하게 됩니다. 살고 싶지 않은 사람이 세상 어디 있겠습니까. 이대로 살기 싫은 것뿐이지요.

그래서 저는 새벽 배송 같은 것이 싫습니다. 꼭 새벽에 물건을 받아야 하나요? 꼭 그렇게 빨리 먹어야 하고, 일처리를 빨리 해야만 하나요? 모든 일을 경쟁적으로 함으로써 많은 사람들이 힘들어지는데도 말입니다. 얼마 전에도 한 배송 업체에서 일하시던 분이 격무에 시달리다가 세상을 떠났습니다. 이런 죽음을 보고도 바뀌지 않는 이 세상은 뭘까요. 단 한 사람의 생명이라도 소중하게 생각하는 것이 당연한데요. 가장 가까이에 있는 이웃의 죽음을 사람들은 왜 그렇게 소홀히 바라보는 걸까요.

반대로 절대 권력을 가진 사람들, 힘 있고 돈 있는 사람들은 '잘못했습니다'라는 말을 절대 하지 않습니다. 머리 숙여서 "저희 물건을 사주셔서 정말 고맙습니다"라고 말하는 회장 보셨나요. 인사는커녕 항상 "저희 물건은 이만큼 팔렸고, 기업 성장에도 도움이 되었고, 우리나라 경제에 도움을 줬고……." 이런 이야기만 하지요. 정치인도 마찬가집니다. 맨날 뭐 했다고만 하잖아요. "저는 우리 동네 발전을 위해 무엇을 했고, 앞으로 무엇을 할 예정이며……." 이러면서 자신이 한 것만 내세우기 바빠요. 세상이 바뀌지 않는 이상, 이런 일들은 계속 반복되겠지요.

어떤 분들은 제 이야기를 감성팔이라고 치부할지도 모르겠습니다. 하지만 인간이라면 당연히 이런 감정을 느껴야 하는 것 아닐까요? 누군가가 나를 위해서 수고해주었다면 당연히 고마워해야 하고요. 우리는 누리는 데 너무 익숙해져 있습니다. 관리비를 내고 청소비를 낸다고 그분들에게 그렇게 함부로 해도 되는 걸까요? 그게 과연 적정한 대가일까요?

약자라고 불리는 분들은 정말 어려운 삶을 살아갑니다. 그럼에도 마지막에는 다들 같은 말을 하십니다. 그래도 함께해줘서 고마웠다고, 당신이 있어서 좋았다고요. 그 말들은 저를 아프게 하지만, 그래서 더더욱 그분들의 마음을 세상에 어떻게 전달할 수 있을지 매일 고민하게 됩니다. 고마움을 아낌없이 표현하는 그들의 마음씨를 배워야겠다는 다짐과 함께 말입니다.

너희 엄마는 담배도 못 피우냐

제가 알던 선생님 중 별명이 '순악질 여사'인 분이 있었습니다. 옛날에 〈순악질 여사〉라는 4컷 만화가 있었는데 거기서 따온 별명이에요. 그런데 사실 순악질 여사는 별명만 '순악질'일 뿐이지 자기 생각을 또렷하고 확실하게 이야기하는 여성이에요. 예전에도 그랬지만 지금까지도 많은 사람이 자기 주장을 펴고, 자기 목소리를 내고, 자기 감정을 표현하는 여성을 좋지 못한 시선으로 바라보면서 '세다'고 단정 지어 버립니다. 사회적 시선에 상관없이 자유롭게 자신을 표현하는 사람이 '순악질'이 되어버린 겁니다. 지금은 표현을 바꿔서 '무서운 언니들' '센 언니들'이라고 하잖아요. 좋게 말하면 '걸 크러시'고. 그동안 우리 사회의 이상적인 여성상이 순종적이고 다소곳한 것이었기 때문에, 자기 할 말 다 하는 여성을 세다고 취급하는 겁니다.

이런 사회의 편견에 반발한 여성들이 모여서 나름의 활동을 시작했습니다. 페미니즘이 전면적으로 주목받은 것은 2015년 강남역 사건 때부터였지만, 그전부터 여성 운동의 역사는 이어지고 있었습니다. 당시에는 여성계 모임이 열려 선생님들, 선배님들을 만나면 서로 '걸 크러시 무용담'을 주고받았어요. 누가 더 사회에서 규정한 '센 말'을 했나 하는 거였는데, 순악질 여사 선생님은 유머도 있고 재치가 넘치는 분이라 이 자리에서 선생님의 입담이 빛을 발했던 겁니다.

이 선생님과 남편 사이의 일화가 있는데, 선생님의 남편은 경상도 사람이었어요. 고생해서 음식을 차려놓으면 한 번쯤 맛이 어떤가 물어볼 수 있잖아요. 그런데 경상도 남자들이 표현을 잘 안 하다 보니 맛있느냐고 묻는 선생님에게 무뚝뚝하게 "먹을 만해." 이런 거예요. 그 말을 들은 선생님은 아무 말도 하지 않고 슬그머니 끓여놓은 찌개를 집어들어 개수대에 확 엎어버렸대요. 남편이 너무 당황해서 왜 그러느냐고 묻자 선생님이 한마디를 했는데, 그 말을 들은 후로 남편이 밥상 투정은 꿈도 못 꾸고 음식 맛이 어떠냐고 물어보기만 하면 너무 맛있다면서 잘 먹는다고 합니다.

"당신은 너무 소중한 사람이라 이런 걸 먹으면 안 돼, 절대로. 맛있는 것만 먹고 살아야지 먹을 만한 걸로 되겠어? 앞으로 밥은 당신이 해 먹어야겠다. 난 이거밖에 안 되네."

또 선생님 슬하에 딸이 있는데, 하루는 학교에서 어떤 남자애가 이 딸을 약올릴 때마다 번번이 깨지니까 복수하고 싶었나 봐요. 순악질 여사 선생님이 담배를 피우시는데 그 사실을 어떻게 알았는지 이 남자애가 선생님 집에 놀러와서 악의적으로 "야, 너네 엄마 담배 피우지?"라고 시비를 건 거예요. 그랬더니 이 딸이 "그래! 너네 엄마는 담배도 못 피우냐?"라고 받아쳤다고 합니다. '엄마 크러시'에 이은 '딸 크러시'랄까요. 그 엄마에 그 딸이었던 겁니다. 그렇게 말을 잘 했는데도 속으로는 상처를 받았는지 남자애가 집에 가고 나서 딸이 선생님에게 오더니 "엄마, 근데 담배 안 피우면 안 돼?"라고 말했다고 하더라고요.

요즘 지나가다 보면 길에서 담배 피우는 여자분이 많아진 것을 느낍니다. 그런데 저 대학생 때만 해도 여자가 담배를 피운다는 이유로 남학생들이 막걸리 병을 던지고, 다가와서 뺨을 때리고 그랬거든요. 지성의 전당이라고 하는 대학에서 고작 담배를 피운다는 이유로 말입니다. 정말 야만적인 시대를 살았지요. 사실 담배도 술도 개인의 선택이잖아요.

특이한 점은, 우리 사회는 술에 대해 상당히 너그러워서 여자들이 술 마시는 것 가지고 크게 뭐라 하진 않습니다. 그리고 나이 든 여자가 담배 피우는 것에도 크게 눈치 주지 않아요. 예전에는 곰방대를 물고 다니시면서 담배를 피우시는 할머니들이 많았거든요. 그런데 젊은 여자가 담배를 피운다는 것에 대해서는 상당히 다른 태도를 보입니다. 거의 인생 종친 여자이거나 크게 문제가 있는 여자라고 생각하는 사람들이 너무 많아요. 그래서 그 시절의 젊은 여자들은 화장실에 숨어서 담배를 피웠는데, 저랑 같이 여성운동하던 선배들은 '폴리티컬(정치적) 흡연'이라고 해서 일부러 대놓고 담배를 피우기도 했습니다.

제 이야기를 좀 하자면, 서른 살 조금 넘어서 포항에

강의를 갔을 때였습니다. 지방에 강연을 가면 중간에 비는 시간이 참 많아요. 버스가 4시간마다 한 대씩 있을 정도여서 시간이 애매해지면 심야 버스를 기다려서 타야 했습니다. 그날도 버스를 기다리면서 회에다 소주를 마시다가 약간 취기가 오른 채 버스 터미널에 갔어요. 거기에 담배 피우는 남자가 있길래 대뜸 "저, 담배 한 대만 빌려주실래요?" 했어요. 그랬더니 갑자기 그 남자 표정이 허를 찔린 것처럼 굳더군요. 황당해한다는 느낌이 들었습니다. 그런데 그러면서도 담배를 주길래 "불도 좀 주세요." 했어요. 마초들이 많다는 경상도 한가운데서 객기를 부려본 겁니다.

요즘도 TV에서 여자가 담배를 피우는 것으로 개그를 하고 놀림감을 삼던데, 아직까지도 흡연에 대한 성차별적 인식이 크게 바뀌지 않았다는 증거입니다. 담배 이야기가 주가 되긴 했지만 이 이야기는 금연과 흡연의 문제가 핵심이 아닙니다. 흡연은 개인의 선택인데 그걸 '여자'라는 이유로 차별적인 시선으로 바라보고, 폭력을 휘둘러서는 안 된다는 이야기를 하고 싶었습니다. 여자가 자신의 목소리를 냈다고 '순악질 여사'라 불려야 했던 그 편견도 마찬가지로 뿌리 뽑아야 하고요. 불평등과 혐오로 한쪽 성별이 억압

되어서는 안 됩니다. 엄마가 담배를 피운다고 "너네 엄마 담배 피우냐?"라는 말을 비아냥거리듯 내뱉지 않는 사회가 언제쯤 오게 될까요?

8센티미터의 희망

명함에 얽힌 이야기가 하나 있습니다. 자아와 개성이 굉장히 강한, 제가 좋아하는 선배가 있었는데 어느 날 저에게 하얀 명함 한 장을 주더라고요. "언니, 어디 취직하셨어요?"라고 물었는데 "아니 뭐, 늘 다니던 데지." 이렇게 답하는 겁니다. 다시 보니 명함에는 '가정 경제 전문가 ○○○' 이렇게 써 있었습니다. 즉, 주부였지요.

앞선 에피소드에서도 언급했지만, 살면서 "무슨 일 하세요?"라는 질문을 많이 받았습니다. 가끔 설명할 수 없는, 굳이 설명할 필요 없는 나의 정체성을 물어올 때면 쉽게 정리하기가 힘이 들 때도 있었습니다. 그날, 그 언니의 명함을 보고 생각했습니다. '내 생각부터 바꿔야겠구나.' 무슨 일을 하든 자기를 표현하면서 당당히 일하는 것. 그렇게 스스로 자존감을 높이는 것. 이것이 삶에 있어 중요하다는 사실을 깨달았습니다. 그래서 강의를 할 때마다 말했습니다. 생일날 명함을 만들어서 스스로에게 선물하라고요. 그 언니는 어느덧 살림이스트살림-ist로 승진하셨습니다. 마치 플로리스트처럼 명함에 꽃도 그려놓았습니다.

저는 그 후로 명함을 '8센티미터의 희망'이라고 부릅니다. 명함의 길이가 8센티미터 정도 되거든요. 8센티미터짜리 명함에 자기를 표현하여 스스로 자신을 찾는 일. 이것이 8센티미터가 만들어내는 희망입니다. 물론 명함을 만들기 전에 자신을 어떻게 표현할 것인지 신중하게 생각하고 자신의 일에 전문성을 부여하며 그것을 당당하게 표현하는 연습을 해야겠지요.

저는 경력 단절 여성이라는 표현을 싫어합니다. 전업주부를 왜 경력 단절 여성이라고 하는지요. 가사 노동이나 육아를 노동으로 인정해주면 경력이 단절됐다고 표현할 이유가 없습니다. 계속 일을 해온 것이니까요. 이 사회가 직장에서 하는 일만 경력으로 인정해주니까 이런 단어가 생기고, 문제가 생기는 것입니다. 가사 도우미분들도 예전에는 파출부나 식모라고 불렸습니다. 그런데 이제는 표현이 바뀌었지요. 가사 노동의 가치를 인정하는 사회, 더 나아가 무슨 일을 하든 자신이 하는 노동을 스스로 존중하는 사회가 되어야 합니다. 이런 사회를 만들기 위해서라도 직접 만들어보는 8센티미터의 희망은 꼭 필요합니다.

그러니 직장을 다니든 다니지 않든, 한 번쯤은 나만의 명함을 만들어보세요. 명함을 만드는 일은 사회에서 자신의 존재 가치를 찾는 시작입니다. 수고롭기도 하고, 쓸데없다고 생각될지도 모르겠지만, 명함을 만들다 보면 자연스럽게 나에 대해, 내가 하고 있는 일에 대해 고민하게 되고 결국 나 자신을 귀하게 여기는 태도를 가지게 됩니다. 한지 용지에 캘리그래피로 이름만 쓴 명함, 자신을 그려서 입체 카드처럼 돌출로 만든 명함 등 자신을 표현하고 싶은 사람들이 자신의 정체성을 담아 꾸며내는 8센티미터의 희망. 이 것보다 아름다운 것이 있을까요.

딱 한 가지라도
새로운 습관을 만드세요

유튜브에서 어떤 강사가 여자들에게 좋은 남자를 선택하는 방법을 하나 알려주겠다고 하더군요. 그분 말이, '화장실에 다녀와서 손을 씻는 남자'를 만나라는 겁니다. 어이없는 말처럼 들리겠지만 손을 잘 씻는다는 것은 곧 좋은 습관을 가지고 있다는 뜻이랍니다. 좋은 청결 습관을 가진 사람들은 손을 씻는 것에만 그 습관이 국한되지 않기 때문에 전반적으로 깔끔해지는 것이겠지요. 물론 코로나19가 유행한 이후로는 손 씻는 분위기가 형성되었지만, 그럼에도 불구하고 습관이 몸에 배지 않은 사람들은 잘 씻지 않습니다.

이처럼 작은 습관 하나에서 그 사람의 많은 것을 볼

수 있습니다. 그 강사는 청결한 남자들은 대개 성실하고 자기 관리를 잘해서, 번듯한 일을 한다고 설명했습니다. 좋은 습관은 성실성에서 비롯되고, 그 습관이 사람을 바꾼다는 말이겠지요.

물론 손 잘 씻는 것과 별개로 인성도 좋아야 한다는 것은 말할 필요도 없습니다. 스펙이나 지위만 보고 남자를 선택하면 절대 안 됩니다. 사회에서 소위 잘 나가거나 영향력 있는 분들을 많이 봤는데, 그중 고매한 인품을 갖고 있는 분은 그다지 기억나지 않습니다. 그분들도 화장실에 다녀와서 손을 잘 씻나 안 씻나 볼 걸 그랬나 싶네요.

종종 인품이 훌륭하신 분들을 만날 때가 있습니다. 그분들을 관찰해보니, 몇 가지 공통적인 특징을 발견할 수 있었습니다. 첫 번째, 겸허함과 겸손함이 완전히 몸에 배어 있습니다. 오랫동안 연습한 결과 익숙해진 것이겠지요. 두 번째는 굉장히 긍정적이라는 것입니다. 스스로 긍정적인 생각을 하려 노력하고 남에게도 항상 좋은 이야기를 해주려 합니다. 자기 시간을 충분히 갖는다는 것이 세 번째 특징입니다. 보통 여유가 생기면 골프를 많이 치는데, 이분들은 놀랍게도 독서를 많이 합니다. 골프로 사고를 하지 않아도 자신이 있다는 것이지요. 실제로 오히려 상대방이 사고를 위해 이분들을 찾아옵니다. 네 번째는 새로운 것에 흥미를 갖습니다. 이분들은 지치지 않고 끊임없이 새로운 일을 발굴하며, 좋은 사람들을 폭넓게 끌어들입니다.

결국 중요한 것은 책이든 사람이든 보면서 배우는 것입니다. 또한 배우는 것에 그치지 않고 행동하며 계속해서 그것을 새로운 습관으로 발전시켜야 합니다. '학습력'이 좋은 사람이 뭐든지 빨리 배운다고 하지요. 학습이라는 단어는 '배울 학'과 '익힐 습'의 결합입니다. 배우는 것은 누구나 할 수 있습니다. 중요한 것은 '습', 즉 익히는 것입니다. 무언가를 새로 익혀서 내 것으로 만드는 사람과 그렇지 않은 사람들의 차이는 상당합니다.

《강철의지》라는 책을 쓴 오리슨 스웨트 마든은 "문명을 위한 새로운 길을 밝혀준 사람들은 언제나 습관의 파괴자였다"라고 했습니다. 이처럼 자신이 알고 있는 것 속에 파묻혀 있지 않고 조용히 새로운 것을 조금씩이라도 익히다 보면, 잔잔한 나비의 날갯짓 때문에 지구 반대편에서 어마어마한 태풍이 생기듯 큰 차이를 보이는 결과를 얻을 수 있습니다. 그러니 변화의 시작은 딱 한 가지라도 새로 시작하는 것입니다.

표정과 음성을 상황에 맞게
연출해야 합니다

실명을 거론하기는 어렵지만 유명한 정치인들, 명사들을 가르치면서 느낀 것은 그분들의 이미지가 과대 포장되었다는 겁니다. 또 어떤 분들은 사람들이 알고 있는 이미지보다 훨씬 뛰어난 역량을 가지고 있기도 하고요.

이 이미지와 역량을 가르는 중요한 수단이 바로 '말하기'입니다. 남의 말 안 듣는 사람들, 자기 이야기만 하는 사람들, 척하는 사람들……. 이런 사람들은 얼굴에 다 쓰여 있습니다. 그래서 그들을 대하다 보면 은근한 불편함이 먼저 느껴집니다.

사람의 말에는 '어조'가 있습니다. 톤, 어투라고도 표현하는데, 예를 들어 '드라마 사모님의 대사' 하면 떠오르는 어조가 있지요. 교양이 있지도 않으면서 정형화된 톤이요. "얘, 이게 뭐니?" 같은 말을 읽기만 해도 떠오르는 특유의 불쾌한 톤과 목소리가 있잖아요.

이 어조는 사실 습관으로 길들여지는 겁니다. 인상을 형성하는 요소에는 얼굴 표정도 있지만, 음성도 큰 비중을 차지합니다. 인사를 할 때도 상대방에게 친근감을 주겠다는 마음이 담기면 밝고 자연스러운 톤이 나옵니다. 톤이 바뀌면 눈꼬리나 입매와 같은 얼굴 근육도 바뀌어서, 결국에는 표정도 달라지지요. 이렇게 표정과 어조는 서로에게 영향을 미칩니다. 사람을 대하는 태도 역시 여기에서 결정되는 겁니다.

문재인 대통령을 예로 들자면 낮고 안정적인 톤이 겸손한 느낌을 줍니다. 최고의 권력을 갖고 있는 사람이 그런 목소리 톤으로 이야기하니까 균형이 생기고 조화롭게 느껴지지요. 이렇게 높은 위치에 있는 사람일수록 음성을 부드럽게 써야 합니다. 이때 중요한 것은 보이는 얼굴과 음성의 균형도 잘 맞아야 한다는 것입니다. 만약 어디의 대표나 책임자가 동안이라면 음성의 중요함을 뼈저리게 느낄 수 있습니다. 어린 얼굴은 만만하게 보이기 쉬우니까요. 예를 들어 고객이 "여기 대표 나오라 그래, 여기 책임자 누구야!" 하고 소리를 지를 때는 대답이 분명하고 단호해야 합니다. 정확하고 신뢰감 있는 대처가 필요한 경우에 유약해보이는 겉모습과 균형을 맞추기 위함입니다. 인상이 강한 사람이 음성까지 강하면 매우 권위적이고 고압적으로 느껴져 다가가기가 어렵고, 인상이 약한 사람이 음성까지 약하면 무시당하기 쉽다는 것을 잊지 마세요.

언론에서 떠들어대는 어떤 회사의 대표를 보면 인상도 굉장히 강렬하고 목소리도 날카롭습니다. 그렇게 사람들을 대한다면 갑질이라는 말이 나올 수밖에 없지요. 그래서 상황에 맞춘 음성을 낼 줄도 알아야 하고, 음성과 표정의 조화도 중요하게 생각해야 합니다. 그런데 보통 사람들은 이 조화를 이뤄내기 어려워요. 음성이 표정을 따라가거나 혹은 음성에 맞게 표정이 바뀌거든요. 하지만 훌륭한 분들은 아무리 절대적인 자리에 앉아 있어도 낮게 말할 줄 알고, 상황에 맞는 표정과 음성을 연출할 수 있습니다.

예전에 한 그룹의 전 CEO이자 정치인을 가르친 적이

있었는데, 그분이 정치인으로 활동하기 위해 지역구로 내려갔을 때 제가 함께 따라간 적이 있습니다. 저는 컨설팅을 수락하기 전에 컨설팅 받을 분에 대해서 전체적으로 점검을 합니다. 그분이 어떤 태도를 갖고 있는지, 어떤 표정의 소유자인지를 파악하기 위해서입니다. 견적을 파악해서 어떤 상태인지 알아야 가르쳐드릴 것도 준비할 수 있으니까요.

한동안 그분의 행동을 살펴보다가 깜짝 놀랐습니다. 그분이 주민들과 악수를 하는데 가만히 있는 거예요. 왜 그런가 생각해보니 CEO 출신이라서 그런 거였습니다. 지나갈 때마다 회사의 모든 임직원들이 자신에게 인사를 하니까 본인은 허리를 굽힐 일이 없었던 거지요. 처음에는 아예 인사하는 각도도 안 나오고, 악수를 할 때도 뻣뻣하게 서서 손만 내밀었습니다. 그런 습관이 오랫동안 지속되어 익숙해져 버린 겁니다. 사소한 악수 한 번, 인사 한 번도 그분에게는 쉽지 않은 일이었습니다. 그분이 당선될 수 있었던 것은 이런 오래된 습관들을 고치고 상황에 맞게 행동과 표정, 어조를 연출할 수 있게 되어서였어요.

사람의 얼굴 생김새와 음성은 날 때부터 정해진 것

이지만 표정과 어조는 얼마든지 연습을 통해 바꿀 수 있습니다. 그리고 첫인상과 호감도는 표정과 어조가 좌우합니다. 노력을 통해 날 때부터의 나보다 더 나은 나를 만들어 보세요.

첫인사에서 모든 것이 시작됩니다

저는 점심시간에 누군가에게 전화할 일이 생기면 처음에 이렇게 말합니다.

"점심때 전화 드려 정말 죄송해요. 지금밖에 시간이 없어서 전화를 드렸네요."

상대방이 정중하게 말을 걸어오면 나 역시 정중해집니다. 정중한 태도는 상대방을 배려하고 존중하는 태도이고, 상대방이 먼저 이해해주려고 하니 나 역시 상대방을 이해하려는 태도를 갖추게 되면서 쌍방 소통이 원활히 이루어지지요. 사회를 볼 때, 강의할 때도 마찬가지입니다. 열심히 준비한 무대를 마치고 나면 직접 찾아오셔서 반갑게 인사해주신 뒤 고맙다고, 큰 힘이 되었다고 말해주시는 분들도 있습니다. 누군가에게 힘이 돼주어야겠다고 생각해서 시작한 것도 아닌데 그런 말을 들을 때면 저도 모르게 더 잘해야겠다고 다짐하게 되지요. 그러면 그분과의 첫 관계 형성이 긍정적으로 맺어지는 것은 물론이고, 서로 좋은 영향력을 주고받게 됩니다. 긍정적인 말은 긍정적인 환경을 가져오니까요. 여러 번 언급했음에도 불구하고 말의 긍정성을 자꾸만 강조하고 싶어지네요.

그런데 부정적인 표현, 무뚝뚝한 표정에 익숙해져 있는 사람들이 많습니다. 공무원을 대상으로 한 강의에 초대받아 간 적이 있었는데 어떤 분이 저를 보자마자 이렇게 말하더군요.

"빨리 끝내요. 강의 평점 잘 줄게요."

처음부터 듣는 사람의 태도가 이러면 아무리 강의를 잘해도 그 사람에게는 어떤 말도 닿지 않겠지요. 말을 하는 사람 역시 시작하기도 전에 힘이 빠져버리고요. 물론 표정도 중요합니다. 열심히 강의하는 저를 평가하는 듯한 눈빛으로 빤히 바라보며 '웃겨 봐, 그것밖에 못 해?'라는 표정과 태도를 드러내는 분들도 있습니다. 그분의 마음에도 제 말이 닿을 리가 없습니다. 그 시간은 서로에게 낭비일 뿐이지요.

사회가 어려워지고 팍팍해지다 보니 사람들이 조금씩 부정적으로 바뀌는 것은 어쩔 수 없는 것 같습니다. 미국에 사는 조카들이 놀러 오면 우리나라 사람들은 표정이 없어서 참 무섭다고 합니다. 길을 걷다가 어깨가 부딪치면 서로 사과를 해야 하는데 그냥 지나가는 것은 일상다반사고요. 또 한번은 제가 핸드폰을 들고 서 있었는데, 어떤 사람이 툭 치는 바람에 핸드폰을 떨어뜨리고 말았습니다. 그런데 그 사람이 건성으로 사과하고는 그냥 가버리더군요. 마음속으로는 불러 세우고 싶었지만 지난 밤 봤던 안 좋은 뉴스가 떠올라 그만두었습니다. 요즘 세상이 무서워져서 괜히 시비를 따지다가 큰일이라도 나면 안 되니 가능하면 참고 지나가라고들 하니까요.

앞에서도 언급했지만, 관계 형성에서 가장 중요한 것이 바로 첫인상입니다. 사람을 파악하는 데 있어서 첫인상만큼 오래 남는 것은 없으니까요. 그리고 이 첫인상을 형성하는 중요한 요인이 바로 '첫인사'입니다. 그래서 제가 말을 가르칠 때 가장 먼저 시키는 연습이 "안녕하세요?"예요. 이 인사말에 모든 노하우를 담을 수 있기 때문입니다. 감정을 담는 연습, 의문문의 효과적인 연출, 음의 높낮이, 리듬감이 모두 한마디 안에 들어있어서 요령을 파악하기 아주 좋지요. 사실 말하기는 기본만 익히면 되는데 사람들은 자꾸 기술만 좇습니다. 그래서 화려한 화술에 집중하지요. 이것만 연습을 잘해도 충분합니다. 특히 요즘 같은 시국에는 일상의 안녕을 지키는 것이 가장 중요하니까 자꾸 안부를 묻게 되잖아요. 그러니 사람들을 만날 때마다 계속 연습을 해보세요.

인사를 하는 음성에서도 많은 것이 드러납니다. 소리는 사람의 마음을 담고 있어서 상대방의 마음을 여는 데 쓰기에도 굉장히 좋거든요. 예전에 모 구청의 구청장은 하루를 시작하기 전에 모든 직원과 함께 인사를 연습했답니다. 그러고 난 뒤 미친 듯이 웃었대요. 인사와 웃음을 매일같이 연습하는 거예요. 별것 아닌 것 같지만, 그러고 나면 실제로도 기분이 굉장히 좋아진답니다. 거울 요법을 설명하면서 거울 보면서 매일 웃으라고 말씀드렸잖아요. 그렇게 연습하기 어려우면 집에서, 운전하면서 한 번씩만 시도해보세요. 얼굴이 100퍼센트 달라집니다. 잊지 마세요. 내 생각에 따라서 나의 표정과 음성이 달라집니다. 꾸준한 연습을 통해 우리는 누구든지 기분 좋은 표정과 음성을 가질 수 있습니다.

또 다른 구청에서는 미소 캠페인을 했습니다. 층간 소음이나 주차 문제 등으로 아파트에 사는 사람들끼리 잡음이 많았는데, 캠페인을 하고 난 뒤로 이런 문제가 많이 줄었다는군요. 웃는 얼굴에 침 못 뱉는 겁니다. 그러니 "안녕하세요?" 하고 씩 웃는 것이 정말 중요합니다. 인사를 잘하는 아이들과 마주치면 사랑스러워 어쩔 줄 모르잖아요. 비단 아이들에게만 국한된 것이 아니에요. 먼저 인사를 건네면 상대방도 화답하게 되고 분위기가 풀리면서, 인사하는 상대방과 관련 없었던 부정적인 감정들도 현저히 줄어듭니다.

마트에 가면 중간중간 이런 방송이 나옵니다. "○○마트 직원 여러분, 오늘 하루도 고생하고 계십니다. 최선을 다하기 위해서 다 함께 주변을 점검해보도록 하겠습니다." 그러면 직원들이 서로 웃으며 인사를 나누지요. 이것도 사실 연습을 통해 고객 응대를 자연스럽게 할 수 있는 효과를 거두면서, 동시에 그분들의 긴장을 풀어주는 겁니다.

　　정말이지 말이란 얼마나 힘이 센지 모릅니다. 처음 누군가를 만났을 때 건네는 인사말 한마디에는 표정, 억양, 톤, 감정, 눈빛, 인성까지 다 들어있습니다. 그리고 다른 사람들은 그 말을 통해 첫인상을 파악하지요. 그러니까 여러분이 건네는 기분 좋은 인사는 여러분의 멋진 첫인상을 만들어 내는 일등공신입니다. 하지만 이 인상은 하루아침에 만들어지는 것이 아닙니다. 그러니 지금부터 연습해보세요. 마주치는 사람에게 자연스러운 표정과 밝은 목소리로 인사를 건네 보세요. 그 사람과 여러분 모두에게 하루 중 가장 아름다운 순간을 선물하는 일입니다.

가짜 뉴스,
진실과 사실은 다른 문제입니다

'가짜 뉴스'라는 말, 요즘 다들 들어보셨을 겁니다. 과거에는 신문도, 방송도 몇 개의 매체에 집중되어 있었지요. 그런데 이제는 기술 발전으로 매체가 다변화되고 확장되었어요. 대중이 접할 수 있는 매체가 수없이 늘어나면서 다양한 사람들의 목소리를 담는 긍정적인 효과도 생겨났지만, 이를 통해서 현실을 왜곡하고 사실을 부정하는 사람들 또한 생겨났습니다. 그리고 이 사람들이 만든 가짜 뉴스 영상들 때문에 많은 사람들이 왜곡된 생각을 갖게 되었지요.

저는 다양한 생각이 우리 사회에 존재해야 한다고 생각합니다. 어떤 문제를 놓고 생각이 다른 것은 충분히 있을 수 있으니까요. 그런데 가짜 뉴스의 문제는 사실을 왜곡하는 것에 있습니다. 이 왜곡된 사실이 계속 돌고 돌면서 대중들을 혹세무민하고, 더 심각해지면 진실마저도 왜곡시키거든요. 가짜 뉴스라는 것은 우리의 생각보다 굉장히 위험합니다.

TV에서 방영하는 프로그램 중 〈스트레이트〉라는 프로그램이 있어요. '포기 없는 추적 저널리즘'을 표방하는 프로그램인데, 최근 이 〈스트레이트〉에서 가짜 뉴스를 퍼뜨리는 극우 유튜버들에 대해서 취재했습니다. 대체 왜 가짜 뉴스를 만들고, 이를 퍼뜨려 대중에게 혼란을 주는지요.

방송을 보니 이런 가짜 뉴스를 만들어내고 유튜브에 공개적으로 올리는 가장 큰 이유는 정치적인 견해가 달라서라기보다, 결국 돈 때문이었습니다. 한 극우 유튜버는 자신이 '코인에 미쳐 있다'고 고백하기도 했습니다. 유튜버들이 뱉는 말에 동질감을 느끼는 유튜브 시청자들이 화폐를 지칭하는 '코인'을 주기 때문에 이 '코인'을 계속 받기 위해 시청자들의 입맛에 맞는 자극적인 이야기를 계속 만들게 된다는 것이었습니다.

어떤 극우 유튜버는 인터뷰에서 대놓고 이렇게 말하

기도 했습니다. "이런 영상을 만들다 보면 '어떻게든 대중을 내 채널로 끌어당겨서 돈을 벌어야겠다'는 마음이 점점 강해져요. 사람들의 감성을 자극하면 돈이 쏟아진다는 것을 아니까 정보의 맞고 틀림과 상관없이 몰이성적으로 움직이는 거예요." 정직하지 않다는 것을 알면서도 시청자들이 돈을 주는 방향으로 말한다. 그것이 진실인지 거짓인지는 이미 중요하지 않다. 이것이 가짜 뉴스의 현주소인 셈입니다.

어느 날 라디오를 듣는데 '진실과 사실은 굉장히 다른 문제'라는 이야기가 나왔습니다. 현대 사회는 불안과 분노에서 헤어나오지 못하는데, 사람들이 불안을 느끼는 건 사실을 모르기 때문이고 분노를 느끼는 이유는 진실이 가려져 있기 때문이라는 것입니다. 그래서 불안과 분노라는 각기 다른 감정을 해소하기 위해 진실과 사실을 혼동, 왜곡하지 않고 밝혀야 합니다. 그런데 우리는 진실과 사실을 쉽게 헷갈리지요. 가짜 뉴스는 그 틈을 파고듭니다. 1퍼센트의 사실에 99퍼센트의 거짓을 덧붙이고 1퍼센트의 사실을 강조하면서 그것이 마치 진실인 것처럼 이야기하지요.

미국 예일대의 심리학과 교수이자 설득 커뮤니케이

션의 대가인 칼 호블랜드는 사람들이 음모론을 믿는 이유로 '수면자 효과'를 꼽은 적이 있습니다. 수면자 효과는 신뢰도가 낮은 출처에서 나온 메시지의 설득 효과가 시간이 지나도 떨어지지 않고 오히려 높아지는 현상입니다. 교수는 '시간이 지날수록 출처에 대한 기억이 사라져 정보의 신빙성과 상관없이 메시지의 내용만 기억하게 된다'며 '이런 과정을 통해 신빙성이 낮은 정보가 점차 설득력을 얻게 된다'고 말했습니다. 출처도 분명하지 않은 가짜 뉴스가 진실이라고 우기는 사람들이 생각나지 않나요?

그러니 막연하게 '나는 가짜 뉴스에 노출되지 않았겠지?'라고 생각하는 것은 아주 위험한 생각입니다. 언론이 가짜 뉴스를 만들고 퍼뜨리는 유튜버들의 말을 그대로 가져와서 기사를 쓰기 때문에 누구나 가짜 뉴스에 노출될 수 있어요. 실제로 8시 뉴스, 9시 뉴스에도 가짜 뉴스가 버젓이 송출되곤 합니다. 어르신들이 많이 보시는 종편 뉴스에서는 더 빈번하게 등장하고요.

이미 우리는 너무나도 많은 가짜 뉴스를 들으며 살고 있습니다. 언론이 검증되지 않은 의혹을 툭툭 던지면 극우 유튜버들이 이를 받아 의혹을 불리거나 전혀 상관없는 이야기를 끌고 와 기존의 의혹에 덧붙여 새로운 의혹을 만들어냅니다. 그리고 언론은 이 새로운 의혹을 다시 언급하며 마치 그것이 사실인 양 호도합니다. 아주 간단한 수법이지만, 대중은 쉽게 속아 넘어가버리지요.

이제라도 이런 날조에 대한 적절한 대응이 필요하지 않을까 생각합니다. '헬마우스'라는 유튜브 채널이 있는데, 정치, 사회와 연관이 있는 이슈를 다루는 사람들이 모여 만든 채널입니다. 여기에 등장하는 유튜버분들은 팟캐스트 운영자기도 해요. 이분들이 무슨 일을 하냐면, 여러 명이 그룹을 지어서 터져나오고 있는 가짜 뉴스를 다 필터링합니다. 논리적으로 가짜 뉴스를 논파해서 그 뉴스의 무엇이 문제인지를 속사포처럼 쏟아내요. 굉장히 신선하고 재미있는 기획이지요.

지금까지 우리는 문제가 생기면 광장에 모여 목소리를 높였습니다. 저는 그 아날로그한 무대 위에 사회자로서 올라가 직접 소리를 쳤지요. 물론 온라인에서도 많은 이야기를 하기는 했지만 주 무대는 광장, 즉 오프라인이었습니다. 반대로 '헬마우스' 같은 가짜 뉴스 타파 계정을 운영하는 분들은 디지털화된 사회에 딱 맞는, 어찌 보면 한 단계

진화된 분들입니다. 아날로그는 아날로그만의 효과가 있지만, 사회가 변화하고 있는데 이 방식만을 계속 고집할 필요는 없겠지요. 제 목소리가 광장 전체에 널리 퍼져 울렸던 것처럼 이분들의 목소리도 온라인에 있는 이들에게 닿아 진실과 사실을 혼동하지 않기를 바랍니다. 또 뉴스란 선택적 사실만을 보도할 때도 있으며 언제나 진실만을 이야기하는 것이 아님을 알 수 있기 바랍니다.

'노약자'의 진정한 의미

부산의 한 자치 단체에서 진행한 노인 체험 프로젝트가 있었습니다. 임산부 체험처럼 신체적 제한을 둬 60~70대의 신체 감각을 직접 느껴볼 수 있는 프로젝트입니다. 한 20대가 이 프로젝트에 지원했습니다. 등은 구부린 채로, 관절은 힘차게 움직일 수 없도록 고정하고 다리에는 걸을 때마다 더 많은 힘이 들어가도록 모래주머니를 채운 뒤 체험자를 완벽하게 분장시켜 실제로 노인들하고 대화도 하게 했다고 해요.

체험이 끝난 후 소감을 물어보니, 횡단보도의 신호등 시간이 너무 짧게 느껴졌다는 이야기를 했어요. 온몸에 분장을 하고 횡단보도를 건너가보니 시간에 맞춰서 건너기가 상당히 힘들고 고통스러웠다는 겁니다. 또 카페에 가서 커피를 시켰는데, 보통 사람이 오면 괜히 한번 쳐다보게 되잖아요. 그런데 아무도 자기에게 시선을 두지 않더라는 거예요. 그때 굉장한 소외감을 느꼈다고 합니다.

그리고 체험자가 한 70대 할아버지와 대화했을 때, 프로젝트 진행자가 그분에게 "저분이 몇 살 같아 보이세요?"라고 물어봤습니다. 그러자 할아버지께서 60대는 되어보인다고, 그런데 많이 배우신 분 같다고 그러셨대요. 20대들과도 이야기를 하게 했는데, 20대 청년들도 체험자가 60대인 줄 알더라고요. 또 함께 대화한 청년에게 노인들에게 하고 싶은 이야기가 있는지 물어보니 '우리를 좀 존중해달라'고 말했다고 합니다. 할머니 할아버지들은 자기 이야기만 한다는 거지요.

사실 이런 말은 노인들이 자기 이야기만 하는 이유를 모르기 때문에 할 수 있는 겁니다. 노인들 주변에는 그들의 이야기를 들어줄 사람이 없거든요. 그래서 누구라도 좋으니 자기 이야기를 풀고 싶은 거예요. 이 내용을 듣고 사회에 청소년 전용 공간, 임산부 배려 공간에 비해 노인을 위한 적절한 공간과 시설이 부족한 것이 아닐까 돌이켜보게 되었어요. 노인들에게도 그들만을 위한 공간이 필요합니다. 함께 모여서 서로의 이야기를 하고, 또 들어줄 수 있는 공간이요.

공원에 모여계시는 노인분들을 볼 때마다 "아, 할아버지들 또 저기 바글바글 모여 있네. 대체 뭐 하는 거야?"라며 이상한 시선으로 보는 사람도 있습니다. 그분들은 갈 곳이 없고, 자기를 반겨주는 사람도 없으니까 그곳에 모여서 천 원짜리 요구르트 마시면서 장기를 두고 이야기나 하면서 종일 시간을 보내는 겁니다. 그 공간에는 자기 나이와 비슷한 또래가 있고, 내 이야기를 들어줄 수 있는 사람들이 있으니까요.

그런데 그저 그렇게 허송세월하는 것처럼 보이는 노인들의 모습은 우리에게도 닥칠 수 있는 문제입니다. 하지만 우리는 이런 문제는 생각해보지 않습니다. 20대, 30대, 40대는 당연히 그럴 거예요. 저 역시 50대인데도 '일흔 살의 나는, 여든 살의 나는 어떻게 세월을 보내고 있을까? 앞으로 나는 어떻게 살까?'에 대해서 제대로 생각해보지 않았거든요. 지금 우리에게 있어 '노후 준비'라는 것은 오롯이 돈 문제이지요. 그런데 '어떻게 살 것인가'가 더 중요한 문제가 아닌가 싶습니다.

한 사회학자는 노인분들이 많이 모여계시는 탑골 공원 같은 공간을 '퇴적 공간'이라고 불렀습니다. 정체되어 있는, 쌓여 있는 공간이라는 의미로요. 그 퇴적 공간에 있는 노인들에게 '왜 매일 여기에 오시느냐'고 여쭤보았습니다. 그랬더니 단순하지만 굉장히 인상 깊은 말이 돌아왔어요.

"세월을 보내는 거죠."

보통 노년의 시간이란 젊은 시절의 시간보다 훨씬 더 소중하고, 미련이 남아 계속 과거를 돌이켜보는 시간일 것이라고 생각하잖아요. 그래서인지 시간을 그저 흘려보낼 뿐이라는 표현이 충격적이었습니다.

노인들이 남은 시간을 그저 흘려보내지 않고 행복하게 보낼 수 있도록 하는 것은 우리의 책임이 아닌가 싶습니다. 그분들이 가진 연륜은 곧 우리에게 꼭 필요한 경험이자 지식이니까요. 프랑스 소설가 베르나르 베르베르가 '노인한 사람이 사라지는 것은 도서관 하나가 불타 없어지는 것과도 같다'고 말한 것처럼, 노인들은 우리의 사회와 삶에 꼭 필요한 존재입니다. 그러니 '노약자'의 진정한 의미를 다시 한번 생각해보고, 더 나아가 앞으로 우리에게 다가올 노년의 삶이 어떨지 생각해보는 계기가 됐으면 합니다.

나이 든 삶이 더 빛날 수 있도록

예전에 여러 방송 오프닝도 하고 진행도 맡아서 하다 보니 다양한 에피소드를 보고 들을 때가 많았습니다. 그중 제일 기억에 남는 것이 자식이 돌아가신 부모에게 느끼는 그리움과 슬픔의 크기는 부모와 나눈 추억에 비례한다는 내용이었습니다. 돌아보면 우리 세대의 부모님들은 굉장히 어려운 시절을 사셨기에, 그 당시에는 젊음이 요즘 사람들의 젊음처럼 반짝거리기 힘들었지요. 먹고사느라 바빠서 추억을 만들 시간도 없었고요. 그런데 세월이 흐르고 시대가 좋아질수록 부모님의 얼굴이 밝아지시고 잘 늙어가시는 것 같아 안심이 됩니다. 이제 다 커서 어느 정도 여유도 생겼으니 어릴 때보다 더 부모님을 챙기기도 하고요.

많은 자식들이 그렇습니다. 부모님이 건강할 때는 크게 신경도 쓰지 않다가, 세월의 힘에 못 이겨 한두 군데씩 아프기 시작하시고 요양 병원에 들어가셔서 삶의 끝이 보일 때가 되어서야 후회하지요. 그래서 저는 그러지 않으려고 종종 신경을 씁니다. 어르신들이 입에 달고 사시는 말 있잖아요. '한 해 한 해가 다르다'는 말. 부모님이 어느 날 그런 식으로 말씀하시니까 두 분이 늙었다는 사실이 확 와닿기 시작하더라고요. 걱정되어서 근처로 이사 가겠다고 말씀드렸더니 아직은 괜찮다고 말씀하시는데, '아직은'이라는 그 말이 아프게 다가왔습니다.

그러다 보니 요즘은 나이 든 사람들의 말에 관심이 갑니다. 나이를 먹을수록 인생에 여유가 생기고, 경험이 많아지니까 차분해지는 줄만 알았는데 꼭 그런 것도 아니었습니다. 오히려 남은 인생이 살아온 인생보다 길지 않음을 알기 때문에, 얼마 남지 않았다는 생각에 조급해지나 봅니다. 횡단보도를 건너다 보면 건널 수 있는 신호가 얼마 남지 않았을 때 뛰는 할머니들이 참 많습니다. 다음 신호에 건너도 되는데 말이지요. 바쁜 일이 있으셔서 그런가 싶어 보면 횡단보도를 건너고 나서는 천천히 걷고 계세요.

이런 조급함은 말에도 적용됩니다. 말씀을 하시다가 앞뒤 맥락이 뚝 끊기면서 갑자기 결론이 튀어나와요. 중간 과정은 당신 머릿속에만 있고 말에서는 생략되지요. 그래서 이해하기가 조금 어렵습니다. 하지만 그렇다고 해서 그분들의 말을 무시할 수는 없습니다.

우리 사회는 젊은 세대를 이해하려고 합니다. 젊은 층의 신조어, 새로운 문화와 트렌드에 주목하지요. 그런데 노년의 문화에 대해서는 고정되어 있다고 생각하고 부정적으로 바라봅니다. 노인들이 나이가 들어서 로맨스를 한다고 하면 그 나이에 뭐하는 짓이냐며 질색을 하고, 새로운 것을 배운다고 하면 이제 와서 해봤자 몸이 안 따라줘서, 머리가 굳어서 못한다고 말하지요. 늙으면 방 안에 누워만 있어야 하는 법은 없는 데도요.

노인들의 집회라고 불리는 태극기 부대에 대한 생각들도 저마다 다르겠지만, 대개 부정적이지요. 하지만 그분들의 심정을 이해해보려는 시도는 찾기 어렵습니다. 저는 사실 그분들도 외로워서 그런 것이 아닐까 생각합니다. 노인 한 명의 목소리에 귀 기울이는 사람은 가족에서조차 찾기 힘들지만, 집회에서 단체로 말할 때는 누군가가 들어주니까요. 서로가 같은 것을 주장하고, 서로의 의견에 공감하면서 연대감을 느낄 수 있으니까요.

이처럼 젊은 사람들은 노인들의 목소리와 행동을 그저 부정적으로만 바라봅니다. 하지만 누구나 언젠가 노인이 될 것이고, 그때가 되어서 목소리를 낸다면 늦다는 생각이 듭니다. 노인이 '노인의 목소리를 들어달라'고 요구하면 그저 자신이 속한 집단의 이익을 주장하는 것으로 보일 테니까요.

결국 우리의 미래를 위해서라도 나이 드는 것이 두렵지 않은 사회가 만들어져야 합니다. 누구나 나이에 상관없이 당당하고 멋있게 살 수 있는 사회가 되어야 합니다. 끊임없이 도전하고 부딪히는 것이 '젊게 산다'라고 표현되는 것도 바뀌어야 합니다. 인간은 몇 살이 되든 끊임없이 도전하고 부딪혀야 하고, 또 나이에 상관없이 그럴 자격이 있는 겁니다. 모든 사람의 나이 든 삶이 더 빛날 수 있는 세상이 되도록, 우리는 지금부터 노력해야 할 것입니다.

내 안의 다양한 나를 찾는 행복

단역 배우와 주연 배우의 차이가 뭔지 궁금하지 않으세요? 그리고 단역 배우 중에서도 '신스틸러'라 불리는 사람들이 있는데, 무엇이 이런 차이를 만드는지 생각해봤습니다. 주연 배우 자리에 올라간 사람은 기본적으로 어떤 역을 맡겨도 잘 소화하는 훌륭한 배우겠지요. '신스틸러'들도 마찬가지입니다. 자기가 가진 재능과 열정을 유감없이 발휘하는 배우가 돋보이면서 탄생하니까요. 내 안에 있는 다양한 내 모습 중 그 순간에 가장 어울리는 모습을 꺼내 보여주는 거지요. 연기력이 뛰어난 배우가 한 배역에 깊이 몰입하면 한동안 그 배역의 성격처럼 행동하면서 헤어나오지 못한다고 하잖아요.

반대로 늘 비슷한 역할만 하는 배우들도 있습니다. 심지어 주연 배우인데도 말이지요. 어떤 원로 배우는 늘 행주치마를 두른 가정부 역할만 하는데, 얼굴이 이래서 그렇다고 하지만 배우라면 한 가지 이미지를 경계하며 벗어나려 노력해야 한다고 생각합니다.

삶에 대한 태도도 그렇습니다. 한 가지 익숙한 모습에 대한 요구가 있을 수 있고, 그게 편한 것은 누구나 다 알고 있습니다. 그 유혹을 떨쳐내고 자기가 가진 새로운 매력을 찾았을 때 비로소 새로운 인생이 열리는 겁니다. 단역 배우가 다양한 연기에 도전하다 주연 배우를 맡게 되는 것처럼요.

한 사람 안에는 놀랍도록 다양한 면이 있습니다. 누구나 자기 안에 팔색조를 품고 있다고도 할 수 있지요. 그런데 살다 보면 자신의 다양한 매력을 찾기가 쉽지 않습니다. 하나의 매력에 갇혀 있기 때문입니다. 너도 나도 정형화된, 익숙해진 모습의 가면을 쓰고 살아가지요. 하지만 내 안에는 욕망이 이글거리는 나도 있고, 한없이 선한 나도 있고, 스스로를 내팽개치고 싶은 나도 있습니다. 자기 안에 숨어 있는 다양한 매력을 찾아야 합니다. 뻔하지 않은 것은 언제나 매력적이잖아요? 이것이 바로 눈에 띄게 매력적인 사람들의 비밀이라고 생각합니다.

사진에 찍힌 자신의 모습을 보고 자기가 아닌 것 같다며 어색해하는 사람들이 많습니다. 자기 표정, 자기 얼굴을 못 찾아서 그런 겁니다. 카메라만 봐도 경직되니까 평소의 표정이 살아나지 않고, 그러다 보니 내 모습이 사라지지요. 자신의 얼굴과 표정을 꼼꼼히 살펴보고 확인하세요. 제일 중요한 것은 자연스러운 표정을 찾는 것과 그때그때 주어진 상황에 맞는 내 모습을 유감없이 발휘하는 것입니다.

내 모습을 찾을 때 유의할 점이 하나 있다면, 자기가 갖고 있는 장점은 살리고, 갖고 있지 않은 것은 보완하는 것입니다. 예를 들어 학급마다 있는 반장도 스타일이 다 다르잖아요. 정직하고 모범적인 '범생이' 반장이 있는가 하면, 조금 까불거리고 공부에는 관심 없지만 카리스마로 친구들을 휘어잡는 친화력 좋은 스타일의 반장도 있지요. 그런데 공부를 싫어하는 반장이 "얘들아, 선생님이 늦으신다고 공부하고 있으래." 이렇게 말하면 어울리지 않잖아요. "내가 알아서 할게. 나만 믿고 따라와. " 하면서 분위기도 풀어주고 유쾌하게 가는 편이 어울리지요. 반대 상황도 마찬가지 고요. '누가 더 좋은 반장이다'라고 할 수는 없습니다. 각자 어울리게 반 분위기를 이끌어나갈 뿐이지요. 반장이 될 사람에 기준이 없듯, 스타일에도 정답은 없습니다. 자신과 가장 어울리는 스타일을 찾아서 장점을 살리고 단점을 보완하는 방향으로 발전시키면 됩니다.

　　직장인들도 마찬가지로 자신의 다양한 모습을 찾고, 장점을 살리는 것이 도움이 됩니다. 프레젠테이션을 할 때 밋밋하게, 어색하게 발표하는 사람들은 대개 전달해야 하는 내용에만 집중합니다. 그런데 똑같은 내용이어도 어떤 사람은 굉장히 자연스럽고 가슴에 와닿게 하지요. 발표 내용을 충실히 자기 것으로 소화하면서 이야기하기 때문입니다. 자기 역할에 맞는 음성으로 말하고, 적절한 표정을 드러내니 자연스러운 모습이 나오는 겁니다. 하지만 그런 것에 대한 고려 없이 전달에만 목적을 두게 되면 고만고만한 발표가 되지요. 비슷한 표정, 목소리로 하니까 차이가 느껴지지 않을 수밖에 없고, 그래서 그중 한두 명이 잘 소화해서 발표하면 '참 잘한다'는 소리를 듣는 것이지요.

　　중요한 것은 이 능력이 특별한 누군가만 가진 것이

아니라, 발견하기 어려울지 몰라도 분명히 내 안에 있는 재능이라는 사실입니다. 그런데도 많은 사람들은 시도조차 해보지 않고 그저 단순하고 소극적으로 표현하려 합니다. 인간이 느끼는 오감을 포함한 여러 가지 감흥과 감각을 자꾸 표현하려고 연습하는 것이 몰랐던 나를 찾는 데 도움이 되는데도요.

생동감 있게 살면서 내 안의 다양한 표정, 좋은 음성을 찾아보세요. 특별한 상황에 맞춰 연습하겠다고 생각하기보다 일상에서 꾸준히 노력하는 것이 훨씬 쉽고 자연스럽게 연습이 됩니다. 예를 들어 커피 한 잔을 마실 때 나오는 감탄사 하나에서도 표정과 음성이 다 드러나지요. 커피를 마시고 난 뒤의 리액션을 보았을 때 상대방이 그 맛이 궁금하게끔, 커피가 마시고 싶게끔 말하겠다고 생각해보세요. 구체적인 묘사와 살아 있는 표정, 진실함에서 그런 반응을 이끌어낼 수 있습니다.

마이크를 잡은 지 삼십 년이 넘어가는데, 하겠다고 마음먹지 않아도 무의식적으로 무대 위에서 애드립이 종종 나올 때가 있습니다. 정말 찰나의 순간에 나온 말들에 관중들은 열렬히 호응을 해주시지요. 그런 말들이 어떻게 나올 수 있었나 생각해보니 제 자신을 계속 탐색하고, 충분히 연습을 해서 그렇다는 결론이 나왔습니다. 정말 나다운 것은 꼿꼿하게 살아가는 '단 한 명으로서의 나'가 아니라, 내 안에 사는 '다양한 나'를 찾고 상황에 맞게 잘 드러내는 것이라고 생각합니다. 나도 모르는 나를 찾았을 때 저는 가장 행복했습니다. 모든 사람이 다양한 나를 발견해서 그때그때 만날 수 있는 무지갯빛 행복을 찾기를 바랍니다.

'거리의 사회자'
최광기를
말하다

최광기를 생각합니다. 먼저 떠오르는 것은 '외로운 사람'입니다. 많은 이들이 '최광기는 말을 참 잘한다'고 합니다. 그 말에 동의하지 않습니다. 저에게 최광기는 '말을 잘 견뎌온 사람'입니다.

분노와 공감, 사유와 자책의 시간이 없는 말은 공허합니다. 그리고 최광기의 말은 그 모든 것을 묵직하게 품고 있습니다. 말의 무게는 온전히 그녀의 몫입니다.

이십여 년 동안 함께 마이크를 들었던 수많은 순간을 기억합니다. 거리와 광장의 '말'이 어지럽습니다. 최광기를 생각합니다.

– 권해효(배우)

나 역시 많은 사람이 그러하듯 거리와 광장에서 포효하던 목소리를 듣고서부터 그의 존재가 눈에 들어왔다. 촛불의 광장에서 민주주의는 함성을 먹고 자란다. 뜨거운 피돌기의 축이 되는 존재로, 함성의 중심으로 그가 존재했다. 더러는 비바람과 혹한의 추위를 견디며 거대한 장벽에 가로막힌 것처럼 지쳐갈 때, '앞서서 나가니 산 자여 따르라'를 목 놓아 부르짖었던 것도 그의 목소리였다.

가까이서 본 그는 광장에서 시민들을 이끌던 카리스마 넘치는 모습과 아주 대조적이었다. 오히려 수줍음 많고 겸손하며, 무엇보다 마음을 따뜻하게 열어주는 경청의 태도가 인상 깊었다. 대화할 때의 그는 마이크를 잡았을 때와 달리, 상대방이 누구든지 간에 자신의 목소리를 드러내지 않고 충분히 들어주며 깊이 소통했다.

그를 보며 오래전 읽었던 책 내용 중 기억에 남는 '소통이란 자신에게로 이르는 길고 좁은 오솔길이다'라는 문장을 떠올렸다. 자신의 내면을 돌아보고 성찰하며 길고 험난한 과정을 통과해야 타인에게 이르는 진정한 통로가 보인다는 의미를 담고 있는 표현은 아닐까 생각했다. 그런 의미에서 보았을 때, 최광기는 길고 험난한 내면 성장을 거쳐 타인을 향한 소통을 할 수 있는 사람이다. 그야말로 진정한 소통이 무엇인지 일깨워 주는 이다.

    — **김혜정**(이소선 합창단 단원)

언제였던가. 그는 서울역 광장 시위의 사회를 보고 있었고 나는 대열에서 벗어나 건너편 찻집에서 커피를 마시고 있었다. 신기하게도 그의 목소리는 여전히 가까웠다. 온갖 소음을 꿰뚫고 광장을 가로질러 내 귀에 또렷하게 파고들었다. 목청이 우월해서만은 아니었다. 그가 스스로 삶에서 길어올린 살아 있는 언어만 쓰기 때문에 목소리에 기세가 있다는 것을 그때 알았다.

일상에서도 그의 말은 명료하다. 따뜻하고 유연하지만, 끝을 흐리는 법이 없다. 온실의 허례를 단박에 무색하게 만드는 힘을 가졌다. 거친 현장이 단단하게 빚어낸 최광기란 거울에 책상물림인 나를 비춰보면 언제나 오종종하지만, 한편으로 통쾌하다. 다른 이들의 찌쭈찌한 면도 볼 수 있으니까. 책을 펼치면 아마 누구나 곧 느끼시리라.

— **문정우**(전 시사인 편집장)

내가 아는 최광기 씨는 남들이 주저할 때 꼿꼿이 인간의 목소리를 내는 사람이다. 변함없는 열정으로 시대의 현장에 함께하는 그의 말에는 힘이 있다. 내가 그의 말에 귀 기울이는 이유다. 이 시대에 필요한 말을 할 줄 아는 그를 믿는다.

— **박래군**(인권 재단 '사람' 소장)

여성 노동자들의 행사라면 열 일 제치고 달려와주던 단 한 사람. 늘 무대에 있었지만 홀로 조명받지 않고 객석을 더 빛내주던 단 한 사람, 최광기. 차가움과 신중함조차 광기를 만나면 잘 벼려진 뜨거운 함성이 되었습니다. 어려운 말 한마디 없이 공감과 감동을 만드는 최광기의 말은 노동자의 삶을 따뜻한 가슴으로 지켜왔기에 가능한 것입니다. 최광기와 함께라면 우리는 같은 자리에 있는 누구와도 하나 될 준비가 되어 있습니다.

— **배진경**(한국여성노동자회 대표)

누나의 광기를 처음 만난 날이 생생합니다.

99년이었습니다. 다들 노래패를 접을 때 겁도 없이 뛰어든 저희는 적잖게 소심했더랬지요. 그러던 어느 날 그 유명한 최광기 선배님과 행사를 같이 하게 됐습니다. 정확히 무슨 행사였는지는 기억이 나지 않지만, 이십 년이 지난 지금도 잊히지 않는 것은 최광기 선배님의 한마디입니다.

"한잔 할래?"

당시 우리 식구는 일곱 명이었습니다. 술값이 많이 나왔을 텐데, 지금도 죄송스럽고 감사합니다. 광끼 누나, 사랑합니다.

— **백자**(노래패 '우리나라' 가수)

광기, 무대 위와 아래가 전혀 다른 여자! 처음 인사를 나누고 몇 번 만날 때만 해도, 그는 시끄러운 언니들 사이에서 그저 가만히 이야기를 듣거나 고개를 끄덕이기만 하는 수줍은 후배였다. 그러던 그가 노무현 대통령 탄핵 반대 집회 때 사자후를 토하며 광화문통에 모인 십만 시민을 웃고 울리면서 들었다 났다 하는 모습을 보여주었다. 나는 놀랄 수밖에 없었다.

그 후 그를 십오 년 가깝게 지켜보면서 비로소 알게 되었다. 그의 사자후는 평소 예민하고 따뜻한 시선으로 주변을 꾸준히 살피고, 우리 사회 약자들의 아픔에 절절하게 공감하며, 부당한 것들에 대해 뜨겁게 분노하는 그 모든 감정이 너무나도 사무쳐서 용암처럼 솟구쳐나오는 것이었다. 요컨대 그의 말은 단순히 화려한 화술에서 비롯된 것이 아니다. 그래서 그 울림은 넓게, 깊게 퍼져나간다.

— **서명숙**(제주 올레 이사장)

그를 처음 본 것은 거리였다. 2004년 봄, 노무현 대통령 탄핵 반대 촛불 집회 현장. 카랑카랑하면서 힘찬 목소리가 울려 퍼졌다. 사회자라고 했다. 광화문 사거리를 가득 메운 인파에 얼굴조차 보기 힘들었다. 겨우 목소리만 들려왔다. 그런데도 어찌나 유쾌하던지 배꼽을 잡았다. 그러다가도 눈물을 쏙 빼놓곤 했다. 십만 명 넘는 시민을 '말'로 들었다 놨다 했던 사람.

그때의 호기심으로 그가 이 년 뒤《밥이 되는 말 희망이 되는 말》이라는 책을 냈을 때 인터뷰를 자처했다. 정말 몰랐다. 낯가림 많고, 쑥스러움을 타는, 속은 여리고 여린 사람이라는 것을. 그는 사회적 약자의 목소리를 실을 수 있어서 '거리의 MC'가 됐다며 과거를 회상할 때 눈물을 떨궜다.

십오 년이 지났다. 그는 여전히 거리에 서 있다. 차별과 편견에 가로막힌 말을 희망으로 바꿔내는 목소리를 그대로 간직한 채.

— **신미희**(민주언론시민연합 사무처장)

나는 열아홉 살 때부터 방송 진행을 했고 낯선 이들 앞에서 공개 방송도 제법 했지만, 엄청난 사람들을 끌고 나가는 힘을 가진 여자는 처음 봤습니다.

그가 바로 최광기입니다. 괴력의 진행자, 최광기!

— **양희은**(가수)

뚫어, 뺑! 그가 뱃심을 끌어올려 토해내는 명료한 사자후는 맺히고 맺혀 사무친 것들을 관통해 들어간다. 능청맞도록 익살스러운 말의 윤활유가 가슴속 응어리를 스르르 녹여낸다. 숱한 역사의 현장 속에서 '국민 사회자'는 최광기의 운명이었다.

— **오한숙희**(여성학자)

그를 처음 본 것은 91년 3월 31일 〈자! 이제 손을 잡자〉라는 공연에서였다. 연대 노천극장에서 이만여 명이 넘는 인원을 들었다 놨다 하는 그의 말솜씨와 매너에 눈 내리는 추운 봄날 낯선 타인과 얼싸안고 춤추는, 예상에 없는 멋진 광경이 연출되었다.

이처럼 늘 무대 위에서 포효하는 호랑이같이 날이 선 그가 개인적으로 보면 고운 누이같이 세심하고, 배려 깊은 부끄럼쟁이인지 누가 상상이나 하겠는가? 이런 광기의 친구인 나는 요즘 그와 함께 언제는 철없는 동생으로, 언제는 속내를 나누는 친구로, 또 언제는 세상 고민을 나누는 동지로 좋은 세상을 꿈꾸고 있다.

— **우성란**(천강에 비친 달 대표)

최광기를 만난 곳은 대체로 '민'자로 시작하는 단체의 큰 집회 장소였다. 신들린 그의 사회 솜씨에 나는 매번 전율했다. 그래서 나는 그를 만나면 늘 '거리의 국민 사회자'라 부르며 그에게 따순밥을 먹이고 싶어 한다. 자주 바람을 마시며 한뎃잠을 자는 그에게 평화와 풍요가 찾아오는 날은 언제쯤일까. 민주주의는 완성이란 것이 없을 것인즉, 나는 요즘도 광장의 사회자로 사는 그에게 시 한 줄 주고 싶다.

'가까스로 두 팔 벌려 껴안아보는 너, 먼 데서 이기고 돌아온 사람아.'

— **유시춘**(EBS 이사장)

2004년 봄, 광화문 광장에서 열린 노무현 대통령 탄핵 반대 집회에서 그를 보았다. 최광기가 사회를 보면 무에서 유를 창조하듯 분위기가 고조되고 에너지가 솟는다. 주최 측에 뾰족한 대책이 없어도 최광기는 맨땅에 헤딩하듯 즉석에서 작품을 만들어 낸다. 사람들은 공감하고, 박수치며, 울고 웃는다. 그것이 최광기의 실력이다.

- **이유명호**(한의사)

언젠가 재단과 함께 청소년 봉사 프로그램에 동행한 그는 공동묘지에 옹기종기 모여 사는 가난한 지역에 방문했다. 그는 묘지 위를 침대 삼아 살아가는 주민들을 보며 슬픔에 잠긴 채 어찌할 바를 몰랐다. 그는 매일 힘들게 삶을 이어가는 사람들을 보면 함께 아파하고, 함께 울어주는 사람이다. 그의 목소리는 힘없고 가난한 이들의 목소리가 되고 영양제가 되어 다시 살아갈 힘을 주기도 한다. 그가 바로 최광기다.

- **이철순**(한국희망재단 상임 이사)

이우학교 학부모로 인연을 맺게 된 사람. 학부모 엠티, 학부모 축제부터 시작해서 학부모 노래 동아리 노나세 공연, 머내마을 영화제까지. 학부모들과 함께하는 자리에는 늘 그가 있었다. 마이크를 잡은 그가 있어서 함께한 사람들은 마음껏 웃을 수 있었고, 가슴 한쪽이 따뜻해지는 시간을 보낼 수 있었다. 아이들에 대해 학부모로서 공감하며 눈물로 밤새워 이야기 나누던 그 순간을 잊지 못한다. '한 아이를 키우기 위해서는 온 마을이 필요하다'라는 말을 삶으로 실천한 사람.

— **이현미**(이우 학부모 예슬이 어머니)

언제부터인지 모른다.
왜인지도 모른다.
최광기.
거리에서는 그녀만 들렸다. 그녀는 마이크였다. 스피커였다.
광장에서는 그녀만 보였다. 그녀는 유재석이었다. 이효리였다.

— **주진우**(기자)

광기! 처음 만났을 때부터 낯설지 않고 아주 오랜 친구 같았던 광기야. 내가 힘들 때 친구가 되어준 고마운 광기야. 정말 고마워. 하늘에서 우리 호성이가 보면 정말 좋아할 거야. '엄마에게 멋진 친구가 있어서 다행이구나.' 그렇게 생각하면서 미소 지을 거야.

내가 제일 힘들었을 때 네가 나에게 손을 내밀고 힘이 되어주었듯이, 너도 힘들 때 나에게 기대도 돼. 알았지? 우리 할머니가 되어도 같이 놀자, 친구야!

책 출간 너무 축하하고, 많이 사랑받을 거야. 시간 없다고 밥 안 먹고 그러지 말고 잘 챙겨 먹어. 잘 있어, 다음에 또 연락하자.

— **정부자**(세월호 유가족 호성이 어머니)

무대 위 최광기의 말은 격정적이지만 정확하고, 몸짓은 편안하지만 장엄하다. 그 말과 몸짓을 따라 출렁이다 보면 내 마음은 어느새 광장에 모인 수천, 수만의 마음들과 엮이고 묶였다. 뜨겁거나 꽁꽁 얼어붙은 거리에서, 천둥소리와 같았던 최광기와 함께 공동체의 아픔을 마주한 것이 근 이십 년이다. 그때마다 울컥했고 빠짐없이 충전됐다.

그럼에도 공적 자아를 내려놓은 무대 아래의 자기 삶에서 누운 풀처럼 흐느적거리던, 최광기의 시간. 그 순간의 광기를 나는 더 사랑한다. 그 모습이 더 최광기 자신다우므로.

사랑한다, 광기야.

— **정혜신**(정신과 의사, 《당신이 옳다》 저자)